CLOVID

Amore Pandemico

Romanzo Sentimentale

di

de Gennaro Giovanni

1

SOMMARIO

INTRODUZIONE

Inizio 2020, un'inaspettata pandemia giunse in Europa dalla lontana Cina: un virus scappato accidentalmente da un laboratorio di Wuhan o forse passato dal pipistrello all'uomo in seguito a una mutazione genetica.

La società ne fu sconvolta.

Le abitudini di vita occidentali vennero stravolte.

Le rassicuranti programmazioni a lungo termine divennero ben presto speranzose aspettative alla giornata.

Due persone conosciutesi casualmente il 20 Febbraio 2020;

una relazione ostacolata da rapporti pregressi e scandita dai DPCM;

una storia trascorsa fra il Cadore e la Puglia;

lo spopolamento dell'Alto Veneto;

il dramma dei ristoratori;

la polarizzazione della società fra PRO e NOVAX.

La contrapposizione fra chi ha perso i suoi cari a causa del

Virus e chi teme effetti avversi da vaccinazione.

Una STORIA D'AMORE dei nostri tempi.

CLOVID, AMORE PANDEMICO.

CAPITOLO I

L'incontro

"Siamo in arrivo, in orario, a Bologna Centrale".

L'altoparlante del Frecciarossa annunciò la fermata nel capoluogo emiliano mentre Antonio, sdraiato sul divanetto monoposto al lato del corridoio osservava, sovrappensiero alla sua destra, il binario diciassette di recente costruzione situato nella nuova stazione sotterranea.

Custodiva gelosamente, fra le falangi, il manuale verde del "Codice Penale Militare di Pace", tenuto semiaperto dall'indice della mano sinistra, impiegato come segnalibro, mentre ripassava a mente gli articoli appena letti: un importante e impegnativo esame lo avrebbe atteso di lì a pochi giorni.

"Mi scusi, io avrei prenotato il 5B della carrozza quattro". Una voce femminile approssimatasi aveva reclamato il posto di fronte a lui.

Si destò dai suoi pensieri come si fosse appena svegliato di sussulto, scosse la testa battendo ripetutamente le palpebre, ruotò lo sguardo verso il corridoio per mettere a fuoco chi fosse quella persona in piedi, realizzando nel contempo di occupare il frontale 5A e di aver appoggiato, dalla stazione di partenza, le sue borse sul sedile prospiciente.

"Le porgo le mie scuse, le libero subito la poltroncina". Imbarazzato, senza avere il coraggio di guardarla direttamente negli occhi, si alzò di scatto in piedi per spostare celermente il suo zainetto e le buste piene di bontà pugliesi.

I suoi parenti avevano insistito affinché portasse, con sé al Nord, una ruota della croccante focaccia pugliese pregna di saporito olio extra vergine d'oliva, farcita con olive nere e pomodori da grappolo, un barattolo di melanzane in umido, alcune buste di croccanti taralli al seme di finocchio e dei vasetti sottolio in cui erano stati immersi dei peperoni tritati, chiamati dagli abitanti del posto 'Pric o Prac'.

"Non si preoccupi, faccia pure con calma". Rise bonariamente la ragazza vedendolo agitato.

"È che non pensavo arrivasse più nessuno a reclamare il posto; manca solo una fermata a termine corsa". Si giustificò grattandosi il capo.

"Di dov'è?" Chiese lei ascoltando l'accento marcatamente meridionale, mentre ne osservava divertita le movenze goffe per averlo colto in flagrante in un'occupazione indebita di posto.

"Vengo dalla provincia di Bari, Molfetta per la precisione. La conosce?" Posizionò delicatamente i suoi pregiati viveri nell'anfratto fra i sedili.

"Sono stata più volte nel tacco d'Italia. Credo di aver notato il cartello autostradale nei pressi del casello, passandoci davanti lo scorso anno, in direzione Salento". Annuì rimembrando i ricordi dell'estate 2019.

"Gallipoli scommetto!" Schioccò le dita sicuro di aver indovinato.

"Santa Maria di Leuca, solo mare e buon cibo", ribatté, mentre avvertiva una piccola acquolina, avendo intuito il contenuto delle buste appena sistemate.

"Lei invece sarà di queste parti?" Tirò a indovinare, volgendole finalmente lo sguardo.

"Non proprio, sono di Calalzo di Cadore, un posto di montagna nell'alto Veneto". Biascicò la risposta dallo sforzo, nel vano tentativo di sollevare il suo pesante trolley, per adagiarlo sulla rastrelliera.

"La aiuto a metterla su". Balzò nuovamente in piedi.

"Davvero gentile. Mi chiamo Daniela". Pose la valigia per terra e allungò la mano in cerca di una stretta.

"E io Antonio. Molto piacere". Ricambiò con la sua.

Fu solo allora che il pugliese osservò attentamente la ragazza: era alta all'incirca un metro e settanta, bionda, occhi verdi, dalla carnagione diafana, abbellita da alcune lentiggini all'altezza del naso e un neo particolarmente sexy sul lato sinistro del labbro superiore; a prima vista era sembrato un piercing. Indossava jeans che avvinghiavano un corpo tonico e calzava scarpe da ginnastica, aveva suppergiù trent'anni.

Un rumore metallico preavvisò l'avvicinarsi del carrellino portavivande. "Lei è appena salita a Bologna?" Intuì l'hostess addetta al drink di benvenuto, notando come la ragazza fosse ancora in piedi e indossasse il cappotto.

"Sì, proprio in questa stazione", confermò, sbirciando attraverso il finestrino per accertarsi che il treno fosse ripartito.

"Cosa posso servirle da bere?" Passò il palmo della mano sulle bevande per mostrarle. Il luccichio di un bottone in ottone e le unghie smaltate di argento ne richiamarono l'attenzione sullo stile: un foulard rosso accuratamente piegato, capelli raccolti, un viso poco truccato e due occhi appena marcati dalla matita: ne descrivevano una ragazza sobria, ma attenta ai particolari.

"Un succo alla pera". Indicò con l'indice il contenitore di Tetra Pak appena sporgente, posto nel vano refrigerante.

"Posso offrirle un Prosecco per farmi perdonare dell'abuso?" Si intromise Antonio, amplificando volutamente il piccolo inconveniente.

"Ma non si preoccupi, non ha fatto mica nulla di male". Sorrise genuinamente socchiudendo gli occhi.

"Insisto, la prego. Mi farebbe davvero piacere e mi scrollerei di dosso questo disagio". Perseverò.

"Se proprio vuole... da buona veneta non posso rifiutare". Gli strizzò un occhiolino d'intesa.

L'addetta stappò una bottiglietta stilizzata da mezzo litro, dell'ottimo vino bianco proveniente dalle zone del Friuli, e riempì di alcuni centimetri due calici, ponendoli delicatamente sul tavolino.

"Cin!" Brindarono, lasciando che il tintinnio dei vetri battuti sancisse quella conoscenza occasionale.

"Ma lei non mi ha ancora detto dov'è diretto". Domandò la ragazza non prima di aver regalato un sorso al buon drink.

"Dammi pure del tu". La invitò a una conversazione meno formale. "Sto andando a Milano. Tra due giorni, il 22 febbraio 2020, dovrò sostenere una prova orale per essere promosso al grado di Colonnello nell'Esercito".

"Sei un militare quindi?" Scrutò il passeggero, osservandogli il taglio ordinato dei capelli, sfumato e senza rasature sui lati, collegato alla barba curata attraverso una sottile basetta. Indossava delle rotonde lenti da riposo dalla montatura scura e una camicia a righe, ricoperta da una giacca grigia classico-sportiva, che spezzava l'eleganza del pantalone nero, abbinata a delle scarpe polacche di camoscio. Aveva l'aspetto di una persona di bella presenza, senza eccessi e dalle buone maniere.

"Già, sono nell'Esercito Italiano da oltre 10 anni". Ritrovò la sicurezza nella sua comfort zone, esternandola con un'espressione seria e orgogliosa. Accarezzò il libro che aveva poggiato sul tavolo, quasi a ostentarlo. "Mi trovo in un momento cruciale per il mio avvenire".

Antonio, 35 anni, aveva intrapreso la carriera militare dall'età di 24. Dopo essersi laureato in Giurisprudenza, presso l'Università degli Studi di Bari, si era arruolato nell'Esercito.

Aveva scalato in fretta le gerarchie distinguendosi per la correttezza, l'abnegazione e il credo nella giustizia. Era stato insignito di merito dai superiori che ne avevano apprezzato immediatamente le qualità. Era un eletto: aveva ereditato la passione da suo padre, anch'egli militare, operante nell'Arma dei Carabinieri, morto durante la strage dell'attentato di Nassiriya del 2006 e decorato da postumo con una medaglia d'oro al valor militare.

"Tu invece, dove saresti diretta?" La osservò, deforme, attraverso il vetro opaco del calice.

"Anche io vado a Milano. Starò all'incirca un mese per un corso di formazione nell'ambito della ristorazione". Estrasse dalla tasca un depliant, accuratamente piegato, indicante il luogo in un ritaglio di mappa.

"Presumo tu sia impiegata nel campo culinario". Trasse la conclusione, leggendo i particolari in grassetto.

"All'incirca da 12 anni. Ultimamente mi sono occupata della gestione di una nota trattoria di Cortina d'Ampezzo, dove ero la responsabile. Poi, si è presentata l'opportunità del grande salto: io e la mia famiglia abbiamo fatto un investimento importante, rilevando un ristorante nella principale via turistica della città".

I suoi occhi luccicarono visibilmente dall'emozione.

Era la terzogenita di una famiglia originaria del Cadore, un paradiso di montagna nel Veneto settentrionale e confinante con l'Austria. Suo padre, Mario, aveva trascorso una vita nella Forestale, mentre sua madre, Luisa, aveva preferito occuparsi delle faccende domestiche e dedicarsi alla crescita della prole, rinunciando a un importante incarico lavorativo, nonostante avesse conseguito una laurea in lingue, con lode, presso l'Università degli Studi di Venezia. Le due sorelle maggiori, Marta e Flavia, avevano deciso di andare via da quel luogo splendido e incontaminato dal punto di vista ambientale, ma senza ambiziosi sbocchi occupazionali per i giovani. Oltretutto, era tristemente afflitta da un incipiente spopolamento; l'età media degli abitanti continuava ad avanzare e le case abbandonate, dagli anziani deceduti, diventavano ruderi per via degli eventi atmosferici, fino a essere colonizzate come luogo di nidificazione da parte degli uccelli durante le migrazioni primaverili. Daniela nutriva un amore innato per quella terra, l'aveva ereditata da suo padre, forte sostenitore della comunità locale nonché convinto ecologista: passava le domeniche in giro nei boschi a raccogliere rifiuti abbandonati dai visitatori occasionali, oltre a offrirsi come volontario per aiutare coloro che non erano più autosufficienti e non avevano parenti che potessero aiutarli. Lei era stata la figlia prediletta: fin da piccola l'aveva portata con sé fra i lecci e gli abeti, ammirando cervi selvatici, splendidi camosci e teneri caprioli. Daniela, finite le medie, aveva scelto inizialmente di iscriversi a un Liceo Scientifico, ma l'amore per la sua terra e l'inevitabile espatrio post-diploma presso un'Università distante da casa l'avevano fatta desistere da quel percorso di studi. Aveva optato per un istituto alberghiero, subito dopo aver concluso il biennio comune, intraprendendo la carriera di ristorazione ed esercitando varie mansioni in una piccola pizzeria: da lavapiatti ad aiutante cuoca, da sommelier a cameriera, passando per cassiera, la gavetta l'aveva formata discretamente in tutti i ruoli. Il proprietario l'aveva accolta come una figlia adottiva, sorpreso dalla voglia innata della ragazza di mettersi in gioco, dall'adattamento a ogni mansione, dalla lealtà e da un carattere sempre allegro e gentile.

"Davvero interessante, complimenti!" Colse la commozione genuina negli occhi di quella passeggera.

"Già, ho investito tutti i risparmi per l'acquisto e i miei

genitori si sono offerti di aiutarmi come garanti ipotecando la casa di famiglia". Passò un dito sul naso per grattarselo, infastidita al pensiero di averli coinvolti.

"Premetto di non averla ancora visitata, ma Cortina è una località rinomata a livello nazionale, benestante e costosa. L'investimento ideale per un cospicuo ritorno economico". La tranquillizzò.

Una vibrazione interruppe la conversazione: era il cellulare di Daniela, posato sottosopra sul tavolo.

"Scusami, ma aspettavo una telefonata importante. Dovrei rispondere". Afferrò il telefono, dopo essersi accertata dell'identità del chiamante, e si affrettò ad alzarsi.

"Tranquilla, nessun problema". Annuì simulando indifferenza, poi la osservò mentre la ragazza si defilò per accomodarsi su uno dei sedili posti in fondo alla carrozza, generalmente lasciati liberi dal personale mobile per motivi di servizio.

Il treno viaggiò a 300 all'ora, attraversando la pianura Padana e immergendosi in una fitta nebbia serale che non permetteva di distinguere il paesaggio, avvolto ormai nel buio; il riflesso dei vetri oscurati non era d'aiuto.

Antonio non riuscì più a ripassare gli appunti sul libro, impaziente com'era di continuare quella piacevole chiacchierata che aveva percepito spontanea e familiare. Si era sporto un paio di volte, dal suo posto, per accertarsi di vedere se Daniela stesse ancora parlando al telefono; aveva notato un gesticolio concitato che lasciava presumere una conversazione poco amichevole. Così, aveva ulteriormente preferito far finta di niente, occupandosi di sfogliare alcune pagine web di notizie sul palmare. Il manuale militare lo aveva stipato definitivamente; in fondo conosceva a memoria ogni articolo e solo per scrupolo si era impegnato nell'ennesima rilettura.

"Si avvisano i signori viaggiatori che siamo in arrivo nella stazione di Milano Centrale, termine corsa del treno. Prepararsi in tempo per la discesa". La voce automatica dell'altoparlante annunciò la destinazione finale, mentre il convoglio continuava a decelerare.

Antonio girò per l'ultima volta la testa verso Daniela: era immobile, con una mano posta a mo' di visiera sulla fronte, quasi fosse stata afflitta da una brutta notizia e non volesse vedere nessuno.

Il convoglio si arrestò definitivamente: Antonio tergiversò

una manciata di secondi, poi raccattò la valigia e le buste per avviarsi verso l'uscita. Avrebbe voluto salutare la viaggiatrice, ma non era sua abitudine interrompere le conversazioni. Percorse alcuni metri. Fu solo allora che ricordò del trolley pesante della ragazza. Ritornò indietro, lo estrasse dalla rastrelliera e lo poggiò delicatamente per terra. Notò che lo sguardo di Daniela lo aveva incrociato nuovamente. Lei sollevò laconicamente la mano in segno di ringraziamento, degnandolo di un sorriso palesemente simulato; gli zigomi non si erano arricciati.

Non aveva altre scelta, decise di andar via sconsolato, trascinando nella mano destra il bagaglio a rotelle e in quella sinistra tre buste di plastica.

"Le piaceva la signorina?" Qualcuno lo stava canzonando non appena fu sceso sul marciapiede del binario otto.

Si guardò attorno e notò dietro di lui il capotreno, appostato sotto la carrozza e intento a osservare il deflusso dei viaggiatori; aveva una postura leggermente inarcata e le mani dietro la schiena. Indossava il berretto blu scuro, scarpe nere lucide, pantaloni grigi e una giacca abbellita da una cravatta a righe di color rosso.

"Carina direi". Cercò di smorzare i toni apparsi un po'

sarcastici.

"Ho notato come la guardava", incalzò l'addetto in modo bonario, mostrando un sorriso sornione e smascherando l'inequivocabile interesse del passeggero.

"Abbiamo solo fatto due chiacchiere". Andò sulla difensiva.

L'impiegato cinse il tablet di servizio, come stesse cercando qualcosa. "Si chiama Daniela Torregrin se le interessa".

"Daniela Torre...", ripeté meccanicamente, quasi cercasse di memorizzarla.

"Tor-re-grin", sillabò lentamente per farsi comprendere. "Provi a cercarla. Magari è presente su qualche social". Lanciò uno sguardo di complicità.

"Davvero non credo sia corretto farlo..." Pose le mani in avanti in segno di rifiuto.

"Grazie per aver viaggiato con noi". Si allontanò il Pubblico Ufficiale, mostratosi gentiluomo.

CAPITOLO II

La promozione

Nella Caserma "Santa Barbara" di Milano, due giorni più tardi, si tenne la cerimonia d'investitura dei nuovi graduati alla presenza del Capo di Stato Maggiore dell'Esercito e gli onori del Ministro della Difesa.

Sul palco, una ventina di Ufficiali in alta uniforme ricevettero le mostrine su cui erano stati cuciti i nuovi gradi. Li consegnava personalmente la massima carica militare che, passandoli in rassegna, si congratulava con ciascuno di loro con una energica stretta di mano. Solo un paio di candidati, fra una ventina di partecipanti, non avevano ottenuto l'ambita promozione.

"Congratulazioni Colonnello!" Si complimentò con Antonio, il suo amico d'infanzia Nicola Sirisi, Tenente Colonnello in servizio in una caserma alle porte del capoluogo lombardo. Era calvo, con la barba esageratamente folta e vecchi occhiali modello "Sting". Amava lo stile retrò e si definiva un nostalgico degli anni novanta.

"Grazie, è stata dura, ma ci sono riuscito, finalmente!" Si tolse il berretto che sollevò in aria sventolandolo come una bandiera, in un gesto che poco si addiceva al rigido contesto formale, ma eccezionalmente tollerato per l'occasione.

"Sono orgoglioso di te, amico mio". Gli poggiò una mano fiera sulla spalla.

"Già, ricordo come fosse ieri..." Fissò una vecchia pergamena incorniciata, su cui erano stati impressi i principi di lealtà militare, mentre i suoi occhi luccicavano dall'emozione.

Era il 12 novembre 2003: Antonio aveva compiuto da poco 18 anni e frequentava il quinto anno dell'Istituto Commerciale di Molfetta. Durante la lezione dell'ultima ora, un insolito vociferare aveva animato i corridoi, provocando la suscettibilità della pignola professoressa di italiano: esigeva silenzio tombale mentre scandagliava, come un radar, il feedback oculare dei suoi alunni. I bidelli e alcuni docenti si erano fermati a discutere a voce alta negli androni, circa una notizia appena diffusa dai mezzi di informazione, lasciando intendere che qualcosa di grave fosse accaduto da qualche parte in Italia. La Puglia, pacifica per natura e defilata geograficamente, era poco avvezza a essere interessata da eventi di grossa portata sul piano internazionale. Escluso lo sbarco di ventimila albanesi nel porto di Bari e la guerra nella vicina ex-Jugoslavia, negli anni '90, altri avvenimenti storici non avevano tormentato la quiete regionale. All'uscita da scuola, allorché Antonio stava tornando a casa nel periferico quartiere Paradiso, in compagnia del suo amico di banco Nicola, suo zio Rodolfo lo aveva raggiunto trafelato.

"Antonio, una cosa terribile!" Gli aveva urlato rincorrendolo.

"Che cosa è successo, zio?" Non aveva colto tanta premura. Lo aveva persino deriso per il modo insolitamente buffo con cui lo aveva intercettato, nonché l'andatura claudicante per via di un addome adiposo e una forma fisica rivedibile.

"Un attentato in Iraq!" Aveva finalmente tartagliato le parole fra i respiri affannati.

Antonio era rimasto ancora in silenzio, si era grattato la tempia cercando di capire il nesso.

"A una Caserma dei Carabinieri", aggiunse timoroso un ulteriore particolare, per fare in modo che intuisse.

"Oddio, papà!" Esclamò il ragazzo, stampandosi un palmo sulla fronte e diventando pallido in viso.

"Aspettiamo notizie, ma si vocifera ci possano essere solo dei feriti gravi". Finse un falso ottimismo, mentre una lacrima lo aveva tradito scivolandogli sulle guance.

"Avranno tentato, invano, un assalto e i mezzi d'informazione avranno amplificato l'evento, come al solito". Aveva azzardato un'ipotesi ottimistica il suo amico, accompagnata da una risata poco convincente.

"È forte papà! Non può essergli accaduto niente". Aveva ripetuto a sé stesso, allontanando ogni ipotesi fatale.

"Se fosse stato qui, sarebbe fiero di te!" Nicola osservò, con ammirazione e un po' d'invidia, le tre stelle dorate e la corona sulla spallina del suo amico d'infanzia.

"Glielo dovevo". Pose una mano nella tasca interna della giacca ed estrasse, stretta in un pugno, una mostrina su cui vi erano incisi i gradi di Capitano. Era il portafortuna che custodiva gelosamente da circa 18 anni: l'unico frammento della divisa che avevano trovato intatto a seguito della deflagrazione dell'ordigno. Non lo aveva mai lavato, avvertendo ancora l'odore inebriante del profumo Jean Paul

Gautier che suo padre usava tutti i giorni.

La conferma della morte del Capitano Mauro Gentaro, era giunta inesorabilmente in giornata, lasciando sgomenta la comunità locale. Dopo i solenni funerali di Stato, nella Capitale, la cattedrale molfettese aveva ospitato, qualche giorno più tardi, il feretro del povero Carabiniere; la cerimonia era avvenuta alla presenza delle più alte cariche locali e nazionali, circondata da una cornice di fedeli che si erano stretti al dolore della famiglia. La zona era stata interdetta al traffico, data la presenza di circa trentamila persone assiepate nei pressi della chiesa.

Al termine della messa, Antonio aveva schivato con una scusa le condoglianze di rito da parte di conoscenti e curiosi. Si era dato alla fuga, col suo amico, per isolarsi su uno degli enormi cubi frangiflutti di cemento, incastonati nella diga a protezione del porto. Di lì avevano osservato, in silenzio, il susseguirsi prepotente delle onde, spinte da un moderato vento di tramontana che vaporizzava sui loro volti la salsedine, mentre il sole si avvicinava all'orizzonte, nascondendosi dietro il campanile di una chiesa.

"Una missione di pace trasformatasi in tragedia". Aveva

commentato disgustato Nicola, rompendo il rumore ritmico dell'acqua.

Antonio non aveva risposto, pensieroso, con lo sguardo rivolto al mare aperto.

"Forse sarebbe stato meglio non fosse mai andato!" Aveva tentato un'ipotesi più empatica, pur di strappargli una parola.

"Ho deciso: mi arruolerò!" Aveva rotto il silenzio, dichiarando improvvisamente.

"Ma come, avevi sempre detto che odiavi il lavoro di tuo padre perché lo portava spesso lontano da te!" Incredulo Nicola, aveva cercato una conferma assennata a quell'inattesa esternazione.

"Forse mi sbagliavo. Lui voleva garantire giustizia nel mondo. Ha sacrificato la vita per il bene comune e io non lo avevo capito!" Aveva cominciato a piangere, dando finalmente sfogo al dolore trattenuto fino a quel momento.

L'amico lo aveva osservato, guardandogli le labbra contratte e tremanti che ne palesavano il nervosismo.

"Scalerò le gerarchie e darò il mio contributo". Aveva infine bissato la sua determinazione, fissando una nave che sfidava le onde in mare aperto.

"Sono il tuo amico più fedele dalla nascita! Abbiamo

condiviso le escursioni vietate al Pulo, fatto i bagni proibiti nel porto, le esperienze alticce nel parcheggio dello stadio e abbiamo disputato le partite di calcio sull'asfalto, occupando abusivamente le strade cittadine. Ti seguirò anche stavolta".

Antonio aveva ritrovato il sorriso e l'entusiasmo, anche grazie alla fedeltà di Nicola.

Questi, a conferma della sua parola, aveva serrato un pugno da cui lasciava fuoriuscire un mignolo teso che si era andato a incrociare con quello di Antonio, in uno scrollo che avrebbe sancito una promessa.

La parola data sarebbe stata mantenuta.

"Antonio, a che pensi?" Domandò Nicola, notando il neo-graduato sovrappensiero.

"A nulla!" Si schermì, passando distrattamente la lingua sulle labbra.

"Ripartirai oggi? Tornerai in Puglia?" Verificò l'orario sul vecchio orologio 'Casio' da polso: un ricordo indistruttibile di suo nonno.

"Prenderò il treno domattina. Preferirei prima conoscere direttamente la mia nuova assegnazione". Osservò una mappa geografica affissa al muro, su cui erano state evidenziate le principali sedi militari italiane.

Lo stomaco di Nicola brontolò dalla fame proprio in quell'istante ricordandogli che aveva saltato la colazione, così suggerì: "Che ne dici se ne approfittassimo per andare a pranzare da qualche parte?".

"Sai, prima ho una sorpresa per te!" Gli affidò le buste piene di delizie culinarie che aveva portato dalla Puglia.

"Grazie, davvero gentile!" Non fece complimenti nell'accettarle.

"Ma non dovrai mangiarle ora". Precisò, tirando a sé il cibo e lasciando intendere che gliele avrebbe consegnate più tardi.

"Allora perché non cerchiamo un posto particolare della zona dove mangiare qualcosa?" Ripropose nuovamente.

"Accetto volentieri!" Si massaggiò l'addominale scolpito il Colonnello, in segno d'intesa. "Solo se lasci che sia io a pagare". Pose una condizione.

"Mah", obiettò l'altro.

"Offro io!" Ribadì, sollevando un indice perentorio che non ammetteva repliche. "Hai chiesto un giorno di congedo per onorare la mia promozione e te lo devo".

Un sorriso accondiscendente e un'espressione arrendevole, del suo amico, sancirono l'accordo.

Si diressero presso il Ristorante *Meneghino*, a due passi dal Duomo; non c'era molta gente nel locale. Si accomodarono su un tavolo laterale vicino a un'immensa vetrata che permetteva la visuale dell'ampio piazzale antistante la cattedrale, abbellito dalle palme tropicali.

"Allora Nicola, raccontami un po' della tua vita". Spiegò il tovagliolo che poggiò elegantemente sulle ginocchia. Solo allora si era reso conto, osservandolo attentamente, delle basette laterali oramai diventate canute e delle zampe di gallina spuntate sul viso dell'amico d'infanzia: ne regalavano qualche anno di più rispetto alla sua reale età. Un'immagine di persona matura, in linea al suo modo di essere.

Quegli ansimò e cominciò a raccontare: "La rottura recente con Giovanna è stata burrascosa; avverto tuttora i suoi strascichi. Otto anni non si dimenticano mica in fretta! Ho deciso di concedermi qualche mese di riflessione". Formò nervosamente un ventaglio col tovagliolo, mentre discuteva. "Ho bisogno innanzitutto di ritrovare me stesso!"

"Capisco, mi dispiace. Avevi preso una cotta per lei idealizzandola come donna della tua vita". Troncò ogni altro riferimento, ricordandosi che in passato i suoi commenti lo avevano reso suscettibile.

"Tu invece, sempre in splendida forma, vedo. Immagino sia sempre single". Con un opportuno apprezzamento ribaltò la domanda.

Antonio sorrise, guardando di traverso la cameriera in arrivo. Mantenne il silenzio per il tempo necessario affinché la ragazza posasse i menù cartacei sul tavolo e si allontanasse abbastanza lontano da non poter ascoltare la risposta, poi replicò: "Non supero mai un paio d'incontri con la stessa. Ormai è una routine da un po' di anni a questa parte".

"Ahahah, non troverai mai la donna adatta a te se continui di questo passo". Lo ammonì bonariamente.

Una notizia sulla televisione accesa richiamò l'attenzione di Antonio, che preoccupato commentò: "Hai sentito che sta circolando un nuovo virus?"

"Ne sono al corrente, gli Stati Maggiori sono in allerta per la diffusione. La Politica ha preferito minimizzare l'accaduto per non turbare la quiete pubblica". Guardò anch'egli lo schermo alla sua destra, mentre apparivano le immagini dell'impresa calcistica di Champions League: la partita vinta dall'Atalanta 4 a 1 sul Valencia, il giorno prima. Ne aveva decretato il passaggio storico alla fase successiva. Si era acceso un piccolo dibattito pubblico sull'eventualità di giocarla a porte chiuse o addirittura sospendere la competizione.

"Sembrerebbe sia partito prima della fine dello scorso anno da un laboratorio militare di Wuhan, a causa di un errore umano, e che le autorità cinesi avrebbero occultato l'accaduto per non penalizzare i loro interessi economici". Assunse un'espressione un po' schifata.

"Allora, hanno scelto cosa vogliono da mangiare i signori?" La bella cameriera si era ripresentata al tavolo per annotare le ordinazioni.

Antonio, richiamato alla sprovvista, si voltò di scatto rovesciando con il gomito aperto un bicchiere pieno d'acqua poggiato sul tavolo. Una chiazza bagnò inesorabilmente i leggings della ragazza, che non era riuscita a schivare in tempo lo schizzo.

"Mi scusi, sono desolato", si rammaricò dell'accaduto, mordendosi le labbra.

"Non è niente, non si preoccupi. Colpa mia, che mi sono troppo avvicinata senza preavvisare". Minimizzò senza polemizzare. Aveva all'incirca venticinque anni, capelli scuri con una frangia tinta di blu e il piercing ad anello sul naso. Era formosa di costituzione, ma ben proporzionata.

"Come si chiama?" Chiese Antonio, quasi a volersi mostrare più amichevole.

"Vanessa". Pizzicò il cartellino dov'era scritto il suo nome, all'altezza del petto, come per mostrarglielo, mentre teneva l'altra mano appoggiata sulla macchia per coprirla. "Voi siete militari?"

"Sì, io sono Antonio e lui Nicola. Siamo Ufficiali dell'Esercito". Se ne vantò inspirando profondamente. "Lasci pure il block notes sul tavolo e vada ad asciugarsi i pantaloni. Ci penseremo noi a scriverle l'ordinazione".

"Grazie". Si allontanò celermente.

"Lo hai fatto apposta, vero?" Sussurrò l'amico osservandolo in modo dubbioso, afferrando il blocchetto lasciato dalla cameriera e cominciando a scrivere la comanda.

"Shhhh", sibilò, esortandolo a custodire il segreto.

"Sempre la solita tecnica: fingi di aver commesso una gaffe, rendendoti timido, per abbassare le loro difese e infine sferrare il colpo finale". Lo provocò schernendolo fraternamente. Poi gli passò il foglietto e la penna.

Antonio mimò una smorfia d'indifferenza, guardando innocentemente verso l'alto e fischiettando, infine segnò le sue preferenze.

"Avresti dovuto partecipare alle guerre: saresti stato il Generale di Fanteria più geniale. Avresti simulato di essere stato colto in un'imboscata, fingendoti prigioniero, per contrattaccare".

"Sta ritornando". Invitò platealmente il suo amico a non lasciare intendere nulla.

"Ecco, le nostre ordinazioni". Nicola, strappò il block notes dalle mani dell'amico e lo allungò verso la ragazza, prendendo scherzosamente un'iniziativa che avrebbe dovuto ostacolarlo nell'approccio.

"Ormai è tardi!" Sorrise malizioso e pieno di sé, mentre la cameriera si recò in cucina con l'ordinazione, poi dichiarò: "Mi farò perdonare e le offrirò da..." Si interruppe guardando una coppia in fondo alla sala.

"Che c'è? Cos'altro hai visto?" Cercò di individuare chi avesse attirato la sua attenzione, scrutando nella stessa direzione.

"Io quella la conosco". Aggrottò le sopracciglia e mise a fuoco una ragazza bionda seduta al tavolo con un uomo.

"Sicuramente l'avrai confusa con una delle tue..." Scherzò Nicola.

"Ma certo, è la ragazza del treno vista due giorni fa".

Schioccò le dita, riconoscendola.

"Ma è in compagnia, non lo vedi? Lascia perdere". Suggerì all'amico, affinché si astenesse da ogni iniziativa.

"Voglio solo salutarla, non c'è niente di male. Fidati di me". Si voltò inequivocabilmente in direzione di quest'ultima per farsi notare.

"Incorreggibile!" Commentò.

La osservò insistentemente fino a quando questa si ravvide di essere stata adocchiata e guardò verso di lui, che sollevò la mano per salutarla.

La ragazza accennò una timida risposta, muovendo istintivamente il gomito, ma fu proprio in quel momento che l'uomo in sua compagnia, in modo guardingo e dubbioso, ruotò di scatto la testa cogliendo il gesto in flagrante.

"Conosci quel tizio?" Redarguì, osservando in modo minaccioso e inaspettato la ragazza.

Lei non rispose abbassando lo sguardo.

"Ti ho chiesto se conosci quel militare". Ripeté la domanda alzando la voce.

"Era in treno quando sono giunta qui". Tartagliò una timida risposta.

"E ci hai fatto subito amicizia?" La incalzò in modo geloso

e possessivo, poi si alzò di scatto dal tavolo spingendolo nervosamente e si diresse verso i due militari.

"Che vuoi?" Provocò verbalmente avvicinandosi ad Antonio, rimasto basito dall'inatteso atteggiamento minaccioso.

"Carlo smettila", supplicò Daniela presa dal panico, seguendolo e cercando di trattenerlo per un gomito.

"L'ho solo salutata, non credo ci sia nulla di male", si schermì Antonio, con aria indomita e il bicchiere pieno d'acqua.

"Sparisci!" Carlo spintonò il Colonnello dalla sedia su cui era seduto, facendolo rovinare per terra. Il cristallo, disintegrandosi, richiamò l'attenzione dei commensali presenti nella sala, mentre l'aggressore uscì celermente dal ristorante lasciando cascare dalla tasca, con spregio, una banconota da cento euro; sarebbero bastate a pagare il conto di un pranzo non ancora consumato.

"Mi dispiace", sussurrò sconsolata Daniela guardando l'espressione smarrita di Antonio. Poi rincorse il suo ragazzo. "Carlo, aspetta!"

"Tutto bene?" Si sincerò Nicola, precipitandosi in suo aiuto.

"Sì tranquillo, non è niente. Non so cosa gli sia preso!" Si rialzò battendosi i pantaloni sporchi di polvere e risistemandosi la cravatta verde fuoriuscita dalla giacca.

"Vuole che chiami la Polizia?" Erano giunti anche la cameriera e il proprietario, costernati da un'aggressione senza precedenti che avrebbe rischiato di compromettere la buona reputazione del locale.

"Non serve, grazie. Preferisco continuare il pranzo col mio amico". Minimizzò l'accaduto e godette delle prelibatezze del ristorante, rimuovendo quella spiacevole vicenda dalla mente.

CAPITOLO III

I ricordi

Il Frecciabianca diretto in Puglia era partito puntuale, di primo mattino, dalla Stazione Centrale di Milano. Antonio ritornava felice nella sua Molfetta, portando con sé liete notizie riguardo all'ambita promozione; lo avrebbe raccontato a sua madre Teresa, una donna d'altri tempi orgogliosa di lui, sua nonna Angelica, un'ottantenne arzilla che ancora custodiva gelosamente la sua autosufficienza fisica, infine avrebbe reso partecipi amici e conoscenti.

Seduto solitario in un compartimento open space da quattro posti, dopo aver definitivamente accantonato i libri, si dilettava a sbirciare, sul piccolo portatile appoggiato al tavolino, dettagli riguardo la sua nuova destinazione attraverso recensioni postate da altri utenti: era stato assegnato a Belluno, una ridente località del Veneto settentrionale e settimo capoluogo di provincia della regione, più volte insignita come città con la miglior qualità di vita. Bassa delinquenza, aria salubre, poco stress, zone verdi diffuse e opportunità di lavoro la contraddistinguevano.

"Hanno scovato il paziente zero a Codogno il 21 Febbraio". Un vicino di posto, un uomo sulla settantina che non aveva rinunciato all'abito elegante per viaggiare, aveva richiamato l'attenzione di sua moglie, leggendo a voce alta la notizia apparsa in prima pagina sul quotidiano che teneva sollevato a mezz'aria fra le mani tremanti.

"Praticamente l'altro ieri". Fece mente locale la donna, mettendo a fuoco la data nel quadrante del vecchio orologio a corda da polso. "Speriamo solo riescano a isolare il malato e il focolaio, prima che siano contagiate altre persone", confidò sconsolata, lasciando combaciare i polpastrelli delle mani quasi in segno di preghiera.

"Istituiranno una zona rossa con posti di blocco che impediranno ai residenti di entrare e uscire". Proseguì deciso nella lettura, rinfrancato da un provvedimento che aveva ritenuto adeguato.

Antonio era stato richiamato da quel chiacchiericcio, ricordando le parole pronunciate dall'amico il giorno prima, nonostante fosse ancora turbato dal ricordo dell'aggressione subita. Si chiedeva cosa avesse spinto quel ragazzo a essere stato così aggressivo senza alcun lecito motivo e perché una ragazza così gentile potesse stare insieme ad un essere dai modi tanto bruti. Fissò pensieroso il suo tablet: gli balenò l'idea di utilizzare i social network per cercare il profilo di Daniela e curiosare un po' sulla sua vita; purtroppo non ricordava più il cognome che il capotreno gli aveva rivelato confidenzialmente qualche giorno prima.

Instagram non fu di grande aiuto, fornendo un elenco di Daniela, spesso indicizzate da amicizie in comune o vicinanze a luoghi di residenza. Tuttavia, optando per una ricerca più oculata su Facebook e impostando dettagli più restrittivi, quali Calalzo di Cadore e il nome della ragazza, la ricerca fornì un elenco più attinente.

"Dunque, Daniela Calligri, Daniela Fanzin, Daniela Torregrin..." Lesse, sussurrando a bassa voce i loro nomi. Si soffermò sull'ultimo profilo ritraente una coppia: lui in primo piano, fisico possente con un pollice rivolto verso l'alto, sostenuto da un bicipite contratto e voluminoso; lei seminascosta, avvinghiata, o meglio cinturata sotto l'altro braccio, quasi fosse un trofeo custodito gelosamente. "Sì è lei". Soddisfatto, la riconobbe zoomando l'immagine.

Profilo chiuso, nessuna possibilità di chiedere l'amicizia; solo messaggio privato, commentò fra sé. *Potrei inviarle un saluto. Speriamo solo non abbia attivato il filtro che ne impedisca la ricezione di testi.*

Cliccò sull'icona della messaggistica e aprì la finestra di dialogo. "Ciao", digitò. Non gli venne in mente altro.

Tergiversò un attimo prima dell'invio, riflettendo su cos'altro avesse potuto aggiungere. Avvicinò il polpastrello dell'indice sul tasto 'enter' per pigiarlo, infine cambiò idea e cliccò sulla croce rossa in alto a destra, cestinandolo definitivamente.

Optò per dedicarsi alla lettura delle ultime notizie sul Coronavirus, mentre il treno costeggiava la costa marchigiana lasciando intravedere le bellissime spiagge sabbiose ormai deserte e i lidi balneari chiusi, ricordi di un'estate passata da qualche mese. Si distinguevano solo sporadici amanti del mare passeggiare lungo la battigia in compagnia dei loro amici a quattro zampe, oltre a qualche pescatore solitario seduto pazientemente sullo sgabello in attesa che la canna da pesca si piegasse a causa del pesce abboccato.

"Prima vittima del Covid a Cinto Euganeo". Saltò all'occhio la notizia su un portale famoso. Leggendo l'articolo si deduceva che la diffusione veniva definita paragonabile alla Sars del 2004. Anche all'epoca ne avevano fatto un gran baccano, poi la pandemia si era rivelata una semplice epidemia circoscritta rapidamente; ne erano seguiti gli scandali a causa delle numerose dosi di vaccino acquistate, ma mai utilizzate.

Un trillo acustico sul notebook richiamò la sua attenzione. Cercò vagamente di capire se fosse la batteria in esaurimento o qualche segnalazione di malfunzionamento; notò il simbolo blu sulla barra delle applicazioni. Cliccò su e la finestra di dialogo si aprì.

"Ti chiedo scusa per quello che è accaduto ieri, Daniela."

Con sua sorpresa, la calaltina gli aveva scritto. Non cercò di capire come fosse riuscita a rintracciarlo, bensì rifletté su cosa avrebbe dovuto risponderle; aveva una valanga di domande da farle, esigeva delle spiegazioni, ma doveva cercare di intrattenere una conversazione libera da polemiche per non sembrare troppo assillante ed esternare il suo rancore.

"Non preoccuparti". Finse di soprassedere, inserendovi uno smile finale distensivo.

“È solo un tantino geloso, non si comporta mai così”. Giustificò il comportamento facinoroso del suo ragazzo.

“Quindi presumo sia il tuo fidanzato”.

Un ‘mi piace’ di conferma, da parte di lei, fugò ogni dubbio.

"È sembrato un tantino possessivo, sinceramente". Confutò la sua reazione spropositata, lasciandosi sfuggire un commento contenente un giudizio personale di disappunto.

“Ci frequentiamo da circa due anni; è più piccolo di me, ne ha soli ventitré. La vita non è stata clemente con lui: ha perso entrambi i genitori, precipitati con l'auto in un dirupo di alta montagna a causa di uno smottamento".

"Immagino viva coi nonni". Trasse una conclusione logica.

"Ha origini austriache, non ha parenti in zona e teme che possa lasciarlo. La morte delle persone a lui care lo ha fatto sprofondare nell'insicurezza". Non ne era sicura, ma l’idea che fosse legato a un trauma temporaneo le dava una speranza.

“Mi spiace per lui”. Comprese.

“Supereremo questo momento, è solo una questione di tempo, ne sono convinta!” Ribadì fiduciosa.

“Sinceramente, avrei preferito fossi single per conoscerti meglio”. Azzardò un'avance. Cliccò invio, ma il messaggio non fu recapitato in quanto la ragazza aveva reimpostato il filtro sui messaggi in arrivo.

La cosa lo indispettì un tantino, poi lasciò perdere il pensiero: in fondo a Milano non ci sarebbe più tornato e la probabilità di rincontrarla erano quasi nulle.

Il treno proseguì la sua corsa e dopo aver attraversato il Molise, percorse il Tavoliere delle Puglie, costeggiando sullo sfondo sinistro i monti del Gargano, offuscati da una leggera foschia di Febbraio e su quello destro quelli del subappennino Dauno. Dopo aver superato Foggia e preso al volo un regionale a Barletta, finalmente giunse a Molfetta. Passeggiò sul viale alberato che costeggiava i binari, rivangando la sua fanciullezza fatta di arrampicate pericolose e di un custode, di nome Pino, che percorreva più volte la zona avanti e indietro per scovarli, quasi stessero giocando a guardia e ladri. In fondo era un uomo buono: le minacce fisiche si trasformavano in semplici rimproveri quando riusciva a catturare i mocciosi. I manifesti della sua morte erano rimasti appesi, parzialmente scollati sul muro adiacente, lasciando all'incuria il giardino pubblico.

"Sono tornato!" Si annunciò, non appena ebbe varcato la porta della sua abitazione.

"Antonio!" Si affacciò dalla cameretta la nonna Angelica. Affezionata a quegli occhiali tondi e doppi che ne palesavano una miopia incipiente e quel neo all'altezza del naso, era da sempre stata una curiosona.

Il ragazzo assunse un atteggiamento da finto tonto, conoscendone l'indole.

"Com'è andato il concorso?" Bramosa, cercò di anticipare sua figlia per conoscere la risposta in anteprima; il ragazzo aveva loro nascosto l'esito.

"Chiamami Colonnello Antonio Genzaro". Assunse un atteggiamento scherzosamente esuberante, smentito immediatamente da un bacio sulla guancia dell'anziana donna e un abbraccio caloroso.

"Ce l'abbiamo fatta allora?" Sbucò la mamma dalla cucina, ammettendo implicitamente di aver udito. Si chiamava Teresa, aveva ancora un aspetto giovanile. Vent'anni più di lui, non aveva ancora rughe sulla pelle e i suoi capelli vantavano un castano naturale. Aveva preso qualche chiletto sui fianchi, dopo la menopausa, che tuttavia la lasciavano in ottima forma. Dopo la morte del marito, pur non avendo ancora compiuto i quarant'anni, aveva deciso di rimanere vedova, dedicandosi alla cura della madre e alla crescita del suo unico figlio.

"Avevi qualche dubbio a riguardo?" La canzonò con un tantino di superbia.

"Tuo nonno e tuo padre sarebbero stati orgogliosi di te", si intromise ancora la nonna con voce emotivamente rauca.

"Ho fame, non mangio da stamattina". Pose una mano sullo stomaco brontolante, deviando la conversazione su un tema culinario.

"Ho preparato un tegame di patate, riso e cozze". Sorrise la padrona di casa, sicura di aver centrato le sue aspettative.

"Non mi deludi mai, mamma!" Corse ad aprire il forno per accertarsi che fosse già pronto.

"Tuo nonno aveva partecipato alle fasi finali del secondo conflitto mondiale. Aveva ricevuto il grado di Sergente Maggiore e una medaglia d'oro per essersi contraddistinto come eroe in guerra: aveva rischiato la vita, infiltrandosi in un commando fascista durante la loro ritirata e li aveva convinti a fuggire seguendo una scorciatoia che li avrebbe fatti finire in un'imboscata alleata..." Raccontò orgogliosamente Angelica.

Antonio riempì un bicchiere di vino rosso proveniente dai vigneti del Salento annuendo, pur senza rispondere, ed ascoltando ancora una volta quella litania che l'anziana continuava a ripetergli da quando era piccolo.

"Anche tuo padre è stato un eroe". Aggiunse con un pizzico di malinconia Teresa.

Cinquant'anni prima, nella ridente cittadina pugliese in riva all'Adriatico, i giovani solevano passeggiare e raggrupparsi in comitive fra la Villa Comunale, il Corso Umberto, il lungomare e il Porto. La temperatura mite invernale, che raramente scendeva al di sotto dei dieci gradi, perché mitigata dal sole mai troppo basso all'orizzonte e dalla vicinanza a un mare mai gelido, favoriva le uscite per strada persino nella stagione fredda. Fu proprio in una di queste circostanze che Mauro e Teresa si erano incontrati: lui l'aveva notata immediatamente, forte della sua bellezza mediterranea unita alla semplicità: capelli castani ondulati, viso angelico, corpo formoso e sorriso stampato sulle labbra.

"Scommetto che siete sorelle". Aveva improvvisato una scusa banale pur di fermarle e conoscerla.

La sorella maggiore, Anna, l'aveva trascinata via perché timorosa che qualcuno potesse vederle parlare con un estraneo.

In effetti la ragazza, terrorizzata da un padre particolarmente severo, autoritario e suscettibile alle critiche paesane, aveva schivato l'approccio nonostante lo avesse trovato interessante a pelle.

Era poco più alto di lei, snello, moro, occhi marroni e un atteggiamento un po' insicuro.

Il pretendente, però, non aveva desistito: nei giorni a seguire aveva tentato nuovamente una scusa per conoscerla, finché lei, dopo alcuni tentennamenti, aveva superato i suoi timori reverenziali, grazie alla collaborazione della sorella maggiore. Pertanto, dopo una serie di incontri fugaci, limitati a un semplice saluto di pochi minuti, i due avevano deciso di fare le cose sul serio: come da tradizione locale, lui si sarebbe fatto accompagnare dai genitori per andare da quelli di lei al fine di ricevere il benestare e l'eventuale ufficializzazione. Durante l'incontro, il padre di Teresa, di nome Donato, pur avendo trovato sincero e leale quel pretendente, aveva assunto una riserva: Mauro era il quarto figlio in una famiglia contadina e questo gli aveva permesso di usufruire della dispensa militare. Il genitore della ragazza, trovandolo un escamotage poco lusinghiero, aveva pertanto posto una condizione: se Mauro si fosse arruolato nell'Esercito e avesse intrapreso la carriera militare anche in forma breve, avrebbe dato il suo consenso a quella relazione. Il ragazzo non esitò a prometterlo, arruolandosi di lì a pochi giorni. Quello che doveva essere un normale ciclo triennale volontario, si era rivelato un boomerang: la recluta aveva scoperto una passione militare mai presa in considerazione prima d'allora. Superati a pieni voti i test di ammissione al grado di Sergente, aveva partecipato a svariate operazioni di pace nella ex Jugoslavia. La sua carriera sarebbe proseguita con una meritata promozione al grado di Maresciallo prima e Tenente poi. Era stato infine inviato a quella che sarebbe stata la sua ultima missione fatale: in Iraq. Il passaggio definitivo a Capitano era il massimo riconoscimento alla sua morte in missione.

"Allora, dove ti hanno assegnato?" Chiese sua madre mentre riempiva il piatto fondo di ceramica con un mestolo ripieno di fumante riso e patate.

"Belluno", rispose afferrando la grattugia e un trancio di formaggio.

"Non ci andrebbe il grana". Sbuffò Angelica.

"Sai che lo adoro". Indifferente, sommerse la delizia culinaria con un soffice cumulo bianco.

"Quando ripartirai?" Domandò ancora la nonna, incalzandolo contrariata per non aver dato retta al suo consiglio per l'ennesima volta.

"Tra 10 giorni". Si arrestò nel vedere i sottotitoli del telegiornale in onda sulla televisione posta in modalità silenziosa: alcune città della penisola, situate al nord, erano state poste in modo coatto in lockdown. Nessuno poteva entrare o uscire dai centri urbani, in quanto pattugliati costantemente da posti di blocco istituiti dalle forze dell'ordine.

Qualcosa di inedito stava accadendo.

CAPITOLO IV

Giulia, amore passato

Corso Umberto I brulicava di gente; era il 25 Febbraio 2020, martedì grasso e ultimo giorno di Carnevale.

Antonio si era dato appuntamento con due vecchi amici: si sarebbero incontrati in uno dei tanti bar delle vie adiacenti e avrebbero festeggiato la promozione assaporando un ottimo caffè, proveniente da un centro di torrefazione regionale, accompagnato con le squisite 'Chiacchiere', un tipico dolce del periodo carnascialesco, di origine capitolina, fatto di uova e farina. Successivamente, si sarebbero diretti nella principale via commerciale della città, per ammirare la sfilata dei carri allegorici intervallati da festanti gruppi di animazione.

Molfetta aveva goduto di una grande tradizione

Carnevalesca in passato: dalla seconda metà del XIX secolo, forte dell'esperienza dei suoi maestri cartapestai, aveva primeggiato al pari di rinomate città quali Putignano, Viareggio e Venezia attirando molti curiosi. Con gli anni, però, aveva perso lustro relegandosi a una semplice manifestazione di rito, che richiamava una discreta cornice di pubblico, perlopiù proveniente dalle città limitrofe. Le nuove generazioni, d'altra parte, avevano alienato quel lavoro fatto di pazienza, inventiva e mani sapienti, ma dalle basse provvigioni, per preferire la carriera scolastica da sbocchi lavorativi più ambiziosi e remunerati.

"Aweee, benvenuto Colonnello!" Lo acclamarono in coro i due amici vedendolo entrare.

Antonio si emozionò, essendo diventato oggetto di attenzione da parte dei clienti presenti all'interno della caffetteria e richiamati dal baccano.

"Grazie". Fece loro cenno di abbassare i toni, perché imbarazzato.

"Potresti metterci una buona parola per fare entrare anche noi nell'Arma". Affermò Ciccio, dandogli una leggera gomitata sul fianco. Occhi tondi e azzurri, capelli biondi corti e barba rasata giornalmente: conosceva Antonio da oltre 15 anni, alternando festose uscite serali a lunghi confronti sulle vicissitudini della vita. La lealtà e l'altruismo bilanciavano un carattere intollerante verso le ingiustizie.

"Io mi accontenterei anche di essere un Caporale. Basta avere lo stipendio garantito", replicò bonariamente Sergio. Aveva la barba vispa e incolta che valorizzava il suo viso slanciato dagli zigomi marcati. Lo caratterizzava un gusto raffinato nel vestire: l'aderente ne metteva in mostra un fisico scultoreo. Era dotato di un'innata empatia.

"Ragazzi, ma avete già le vostre occupazioni! Oltretutto, non dovete nemmeno obbedire alle gerarchie". Obiettò il Colonnello, stando al gioco.

"Dai, si scherza. Per oggi te la caverai pagando il conto". Ciccio gli ricordò che la prassi per una promozione era quella di offrire da bere, cercando al contempo l'intesa visiva col proprietario del bar, un avido imprenditore conosciuto da tutti come 'Lo Scorzone', che nel dialetto locale corrispondeva alla parte più dura del pane.

"Complimenti Antonio!" Un'inattesa voce femminile, alle spalle, richiamò la sua attenzione.

Si voltò per scoprire chi fosse, avendone percepito il tono

familiare. "Giulia!" Esclamò sorpreso.

Lei prese un'inaspettata iniziativa: si avvicinò e porse la mano in cerca di una stretta, seguita da due baci sulle guance e un abbraccio caloroso.

Giulia era una bellissima ragazza che viveva a Molfetta. Occhi azzurri, naso a punta all'insù, boccoli neri cotonati e un fisico mozzafiato. Mulatta di carnagione; suo padre era un autoctono, mentre sua madre era una brasiliana emigrata in Italia per lavoro e amore. Aveva vinto un titolo di Miss Puglia, grazie al quale aveva acceduto alle fasi finali di Miss Italia, dove si era piazzata fra le prime dieci. La bellezza esteriore e lo sguardo angelico tradivano un opportunismo sfacciato e un cinismo innato. Metteva puntualmente in crisi le sue relazioni amorose quando le si presentavano opportunità migliori. Antonio era stata una delle vittime: lo aveva frequentato al termine delle superiori e per tutto il periodo universitario, poi un bel giorno, alla vigilia della discussione della tesi, lo aveva lasciato alludendo ad un rapporto spento e senza emozioni, nonostante nulla facesse presagire ad una crisi di coppia.

Antonio, prima della rottura, ne era stato perdutamente innamorato, al punto da tormentarsi con arzigogolati ragionamenti al fine di trovare una soluzione su come avrebbe potuto mandare avanti quella relazione senza rinunciare al suo progetto di vita. Era persino arrivato a pensare di rimettere in discussione le sue convinzioni di carriera militare pur di restarle vicino.

La rottura di quell'amore lo aveva trascinato in un periodo di sofferenza sentimentale a cui avrebbe reagito ergendo una barriera verso il gentil sesso, alienandosi da qualsiasi coinvolgimento emotivo; era diventato un donnaiolo senza scrupoli.

"Hai fatto carriera; sei un alto Ufficiale adesso". Giulia lo adulò, osservandolo in modo sdolcinato.

"Ehm sì, ora sono Colonnello". Avvertì un leggero tremolio alle gambe, un nodo alla gola e un evidente disagio che ne arrossì il viso.

"Sei sparito dalla circolazione. Dove eri finito?" Ammiccò, avvicinandosi ulteriormente a lui.

"Ho prestato servizio a Torino per 5 anni, nella Caserma Brunelleschi". Poggiò un gomito sul bancone in cerca di sicurezza.

"E non ti sei mai fatto sentire?" Lo ammaliò in modo

subdolo, allungando una mano che andò a simulare di sistemare il colletto della camicia, nonostante fosse perfettamente in ordine.

"Veramente, credevo mi avessi mollato!" Rinfacciò, senza infierire troppo.

"Ti avevo chiesto solo un periodo di riflessione a cui hai reagito allontanandoti definitivamente". Mentì abilmente, parlando con un tono cupo, quasi fosse la vittima.

"Ho pensato volessi troncare". Non riuscì ulteriormente a controbattere, dubitando sul fatto che si stesse burlando di lui o realmente dicesse la verità.

"Andiamo, Antonio!" Sergio lo richiamò, poggiandogli una mano sulla spalla, nel tentativo di sottrarlo a quella conversazione.

"Salvati il mio nuovo recapito telefonico". Sferrò l'ultimo attacco la ragazza, regalando un'occhiataccia all'intruso perché infastidita da quella intromissione.

Sergio e Ciccio avevano osservato sbigottiti la scena, increduli su come Antonio fosse ancora in preda all'incantesimo di quella strega travestita da fata.

Il Colonnello afferrò senza esitazione il cellulare e segnò furtivamente il numero.

"Fatti sentire!" Andò via dandogli un bacio sulla guancia che lambì un labbro, regalandogli la sensazione della pelle d'oca accompagnata da una forte eccitazione.

"Non si vergogna... con che faccia!" Commentò Ciccio disgustato non appena si fu allontanata.

"Sai che devi cancellare quel numero, vero?" Suggerì Sergio allungando la mano per farsi consegnare l'apparecchio.

"Certo..." Confermò non molto convinto, poi guardò il telefono, lo mise in stand-by e lo introdusse nella tasca posteriore dei pantaloni per sottrarlo al controllo del suo amico. "Ragazzi, pensiamo a festeggiare". Cambiò abilmente discorso nella speranza che non lo incalzassero ulteriormente.

Dopo il breve festeggiamento, passeggiarono per la rinomata via pedonale, fermandosi di tanto in tanto per regalare qualche fugace sguardo alla sfilata, ma più intenti a scambiarsi saluti con conoscenti che non vedevano da tempo. La città negli anni era cambiata: le abitudini di vita, d'inverno, si erano ridotte a un ripetitivo casa-lavoro nel periodo infrasettimanale alla stregua di altre regioni d'Italia, limitando le uscite e le passeggiate al weekend.

Antonio rientrò a casa nel tardo pomeriggio, dopo tre caffè e un paio di giri d'amaro. Era stanco e non aveva nessuna voglia di uscire ancora. In televisione si susseguivano i dibattiti televisivi fra minimizzatori del Coronavirus e paventatori di epidemia incipiente. Preferì passare qualche ora davanti al computer per sbrigare alcune pratiche e gestire le comunicazioni provenienti dal Comando dell'Esercito.

Una nuova notifica blu lampeggiava in fondo allo schermo: era il simbolo della cartolina di Messenger: ancora una nuova missiva elettronica proveniente da Daniela. Le doppie spunte verdi indicavano che l'ultimo messaggio inviatole era stato recapitato e letto.

Lei aveva risposto semplicemente con tre puntini di sospensione, ovvero aveva preferito non commentare.

"Come va a Milano? Come sta procedendo il corso?" Digitò, seppur contrariato dal comportamento ambiguo, ma attratto da tanto mistero che aveva il sapore di sfida.

Tralasciò ogni ulteriore tentativo d'approccio nell'intento di stabilire un semplice contatto amichevole.

"È tutto fermo qui!" Rispose immediatamente, cogliendolo di sorpresa.

"Per il Carnevale?" Ipotizzò una pausa programmata nella metropoli, in occasione del periodo.

"Macché! Forse sospenderanno i corsi!" Inserì una faccina rossa dalla rabbia.

"Che stai dicendo?" Si incuriosì, inserendo un emoticon riportante un punto di domanda.

"Vi sono delle disposizioni regionali, in materia di salute per la prevenzione contro la diffusione del Covid, che ne prevedono l'interruzione temporanea". Disquisì senza dilungarsi.

"Cosa farai adesso?"

"Tornerò su a Calalzo di Cadore, probabilmente".

"Sai, mi hanno destinato a Belluno, dalle tue parti. Salirò entro i primi giorni di Marzo."

La ragazza aveva letto il messaggio, ma non aveva più risposto.

"Ci sei?" Scrisse invano: ancora una volta lo aveva bloccato.

Che strana, pensò, abbassando nervosamente lo schermo, fino ad avvertire il click di chiusura del tablet e allontanandolo perché infastidito da quell'atteggiamento.

Estrasse il cellulare. Il numero segnato nel bar era ancora lì lampeggiante sullo schermo a led, non ancora salvato: la tentazione di scrivere a Giulia lo stava assalendo. Dopo averlo registrato in rubrica, aprì Whatsapp per ammirare la sua immagine di profilo, era splendida come al solito: ritratta in una foto estiva in costume a Torre Gavetone, una spiaggia pubblica situata qualche chilometro a Sud della città e bagnata da un mare limpido, nonostante fosse stata scelta come discarica, dai piloti americani, per le bombe all'iprite al termine del primo conflitto Mondiale. Le ricorrenti bonifiche avevano reso balneare la cala dopo alcuni anni di interdizione.

"Eccomi!" Tentennò, lanciando un saluto, curioso di testare il reale interesse della ragazza.

La dicitura *online* apparve immediatamente, seguita dal '*sta scrivendo*'.

"Antonio!" Esclamò, come fosse sorpresa.

"Già, eccomi qua".

"Che stai facendo?" Domandò lei, senza dare troppo spazio ai convenevoli.

"Sono a casa, appena tornato, e stasera penso di non uscire perché sarei un po' stanco. Sono stato in giro dal primo pomeriggio". Si lanciò esausto sul letto.

"E non avresti voglia di vedermi per portarmi fuori stasera?" Stuzzicò.

Lui rifletté e guardò il vecchio orologio a lancette appeso al muro della sua camera: segnava le nove. La tentazione era forte.

"Allora?" Lo spronò.

"Mangiamo qualcosa fuori?" Propose lui infine cogliendo al volo l'occasione.

"Volentieri! Ti aspetto fra mezz'ora". Uno smile di approvazione accompagnò il messaggio.

"Mandami la posizione, per le ventuno e trenta sarò da te". Confermò, superando le riserve iniziali.

"A dopo, corro a prepararmi". Mandò le coordinate della sua abitazione tramite il Maps.

"Mamma, mangio fuori!" Comunicò la sua decisione a Teresa, già intenta a imbandire la tavola, mentre sua nonna guardava attentamente gli avvenimenti televisivi grattugiando lentamente dei vecchi pezzi di pane: sarebbe servito per l'impasto a base di tuorlo d'uovo, con cui avrebbe riempito delle seppie cotte al sugo.

"Ma come? Ho già preparato! Hai cambiato idea?" Si indispettì la donna a seguito di quell'imprevisto fuori programma.

"Sì, i miei amici vorrebbero farmi una sorpresa e ci terrebbero ad avermi con loro, prima che riparta". Mentì, distraendosi con lo sguardo nel rovesciare un bicchiere posto sottosopra sulla tovaglia.

Nel frattempo, a Milano, i corsi di ristorazione erano stati precauzionalmente sospesi.

"Dove stai andando?" Chiese Carlo a Daniela, notando che si era preparata per uscire.

"Esco per andare al supermercato a comprare qualcosa da mettere sotto i denti". Si diresse verso il frigo per aprirlo e verificare cosa vi fosse internamente.

"Aspetta un attimo, ti accompagno io". Propose mentre era impegnato a giocare alla Play Station.

"Resti tutta la giornata davanti a quell'aggeggio. Tra un po' chiuderanno i negozi di alimentari e non avremo niente da mangiare per stasera!" Mostrò nervosismo, constatando che nel frigorifero erano rimaste solo delle barrette al cioccolato e una latta di birra aperta.

"Ti ho detto che vengo con te". Si alterò contrariato.

"È tardi!" Confutò lei.

"Accidenti!" Esclamò, per aver perso il set-point di una partita di tennis virtuale, dato che si era dovuto distrarre nel momento cruciale.

"Vado!" Uscì di casa indispettita dalla superficialità del suo ragazzo, sbattendo energicamente la porta.

"Daniela!" Urlò intimandole di tornare indietro.

Lei decise di andare avanti stoicamente. Era stufa dei suoi capricci, del suo modo di fare e di un'allarmante immaturità accentuatasi nell'ultimo periodo.

Lo aveva conosciuto tre anni prima, in un martedì novembrino del 2017: non c'erano molti clienti quella sera, a cena, nel ristorante in cui lavorava. Una tavolata di operai serbi, impegnati nel rifacimento del manto stradale, in vista della probabile assegnazione delle olimpiadi invernali a Cortina nel 2026, e poco più in là una coppia di amici. Arrivata l'ora di chiusura, Daniela aveva permesso alla cuoca e alla giovane cameriera, in apprendistato, di tornare a casa; si sarebbe occupata lei di servire quegli ultimi clienti rimasti che desideravano semplicemente ordinare ancora qualcosa da bere per ammazzare la serata. Il Cadore, abitato prevalentemente da persone anziane e abituato a vivere perlopiù nelle ore diurne, non offriva valide alternative di intrattenimento serale.

"Cameriera, portaci un altro giro di birre!" Aveva ordinato con tono perentorio uno degli operai.

Daniela aveva lanciato un'occhiataccia all'uomo, rivelatosi

poco cortese nella richiesta, poi aveva soprasseduto ai modi, speranzosa che presto sarebbero andati via. Aveva portato le fredde bevande al tavolo, accompagnate da una ciotola di arachidi e un piatto di patatine.

"Che c'è, perché mi guardi male?" La aveva incalzata minacciosamente l'operaio, palesemente alticcio, in uno sguardo ambiguo fra lo scherno e il rimprovero.

"Non posso più darvi da bere dopo questa: è tardi e devo chiudere". Aveva puntualizzato decisa, indicando l'orario di apertura ai clienti affisso all'ingresso e scritto in tre lingue.

"Tu ce l'hai con gli stranieri!" Le aveva afferrato un polso, stringendolo.

"Lasciami!" Aveva gridato dimenandosi, mentre gli altri al tavolo avevano sorriso meschinamente nel vederla in difficoltà.

"Altrimenti mi picchi?" Aveva provocato, cercando di umiliarla.

"Lasciala ti ha detto!" Qualcuno si era intromesso in suo aiuto.

Si era voltato e aveva notato, alle sue spalle, un ragazzo giovane. Aveva all'incirca vent'anni, alto un metro e novanta, con spalle possenti e una sicurezza disarmante.

Il serbo aveva accettato la provocazione e si era alzato dalla sedia, realizzando di essere circa venti centimetri più basso e di possedere una corporatura più esile. Il ragazzo non aveva indietreggiato, anzi, aveva assunto una posizione di difensiva che suggeriva fosse un praticante di arti marziali: testa inclinata, affossata nell'omero, pugni irrigiditi con gomiti piegati e gambe molleggianti semiflesse; si era posto di lato, limitando la sua zona vulnerabile.

"Fermi!" Aveva urlato Daniela, temendo il peggio e mettendosi fra i due a braccia aperte.

Alcuni degli amici serbi del provocante erano intervenuti per calmare il loro collega e lo avevano ricondotto a rivedere le sue intenzioni. Temevano che sarebbe arrivata, di lì a poco, la Polizia e questo li avrebbe messi in difficoltà, data la posizione lavorativa non correttamente regolarizzata.

Si erano affrettati a pagare il conto, lasciando persino una mancia come mancato resto, ed erano andati immediatamente via quasi dileguandosi.

"Ti ringrazio! Posso offrirti da bere qualcosa?" Aveva cercato di sdebitarsi per l'aiuto, Daniela, posizionandosi sul bancone.

"Non sopporto che si maltratti una donna". Aveva risposto con fierezza il ragazzo ostentando, in modo orgoglioso, senso di giustizia e intransigenza.

Quelle parole avevano rinfrancato la fiducia della ragazza, che aveva ritrovato il sorriso.

"Non serve che tu mi offra qualcosa". Aveva declinato elegantemente.

"Ti prego di accettare, mi farebbe piacere". Aveva prelevato un bicchierino di amaro, poggiato sulla mensola alle sue spalle, intenta a riempirlo.

"Adesso devo andare perché devo accompagnare il mio amico a casa. Oltretutto, essendo un neopatentato, non posso bere alcolici. Se proprio ti fa piacere, potremmo vederci uno di questi giorni. Abito nel vicino paese di Perarolo". Aveva adocchiato un fogliettino bianco, vicino alla cassa, su cui aveva cominciato a scrivere d'iniziativa il proprio numero di telefono.

"Mah!" Era rimasta interdetta, interpretando platealmente le intenzioni.

"Puoi sempre cestinarlo, è carta". Aveva ironizzato in modo simpatico, indicando l'apposito cestino della differenziata.

Lei aveva atteso qualche giorno, poi, sentendosi in debito e ritenendolo affidabile, l'aveva chiamato ed erano usciti per un aperitivo.

Nonostante fosse più piccolo di lei, avvertiva un senso di

sicurezza e protezione in sua compagnia, oltre a percepirlo più maturo rispetto ai suoi coetanei. Così seguendo il suo istinto, alimentato da una piacevole emozione, si era lasciata andare alle sue avance ed era iniziata la relazione fra i due.

La situazione era degenerata in seguito alla morte dei genitori di lui in un tragico incidente stradale: aveva provocato un'inaspettata involuzione che Daniela sperava fosse solo temporanea. Purtroppo, sembrava che peggiorasse giorno dopo giorno.

Lui l'aveva raggiunta a Milano, il giorno successivo al suo arrivo, nel miniappartamento che lei aveva preso in affitto; l'insicurezza lo induceva nel dubitare di ogni suo atteggiamento, la gelosia ne offuscava la ragione rendendolo a tratti violento, mentre continuava in modo egoistico a dilettarsi tutti i giorni fra videogiochi e applicazioni social.

Quella sera, Antonio, preso dalla premura dell'appuntamento, dopo una rapida doccia si era catapultato in auto e, seguendo le indicazioni fornite dal navigatore, era giunto sotto casa di Giulia: una villetta nel vicino "Villaggio Belgiovine", un quartiere residenziale della prima periferia cittadina edificato negli anni '80.

"Sono giù!" Lanciò il messaggio, arrestandosi nel parcheggio.

Dopo dieci minuti di attesa, Giulia confermò con un sms di essere pronta e dopo altri venti minuti bussò finalmente al finestrino della Mini Cooper color marrone.

"Eccomi!" Sorrise non appena fu salita in macchina, senza dar minimamente peso all'orario, né essersi scusata per il ritardo.

Lui replicò istintivamente con un sorriso. La sensazione che provava nel vederla lo indusse a sorvolare sul disappunto che un attimo prima lo aveva attanagliato nel protrarsi dell'attesa.

"Dove mi porti di bello, Colonnello?" Abbassò il parasole sul lunotto per specchiarsi e sincerarsi che il trucco fosse perfetto.

Indossava un abito grigio a coste aderente, abbellito da tacchi a spillo neri e un giaccone di pelliccia vera.

"Faremo un salto al Japigio, il nuovo ristorante a base di pesce appena inaugurato fra Molfetta e Bisceglie". Accelerò, dando risalto al rombo del motore, sicuro di aver scelto una location che bene lo avrebbe fatto figurare.

"Wow! È davvero un posto figo!" Condivise la scelta

euforicamente.

Dopo aver percorso venti minuti di tortuosa vecchia statale 16, arrivarono nel rinomato posto adagiato sulle rive dell'Adriatico. Si trattava di una vecchia torre di vedetta, facente parte di una fortezza, ristrutturata e ampliata.

"Benvenuti. Avete prenotato?" Domandò un cameriere all'ingresso.

"Tavolo Genzaro", disse prontamente e orgogliosamente il ragazzo.

"Prego, i signori vogliano seguirmi". Si incamminò, facendo loro strada in un corridoio angusto, illuminato da torce medievali, fino a condurli al tavolo: l'unico imbandito in una saletta riservata, caratterizzata da un'ampia vetrata che si affacciava a picco sul mare.

"Che gentiluomo". Giulia lodò il ragazzo, notando estasiata l'esclusività del locale, poi si soffermò su un particolare. "Hai messo la camicia bianca col colletto coreano che tanto mi piace?"

"È la prima cosa che ho trovato da indossare". Cercò, invano, di moderare il suo interesse, nonostante fosse stato palesemente intenzionale.

"Cin!". Propose lei sollevando il calice di vino bianco di

benvenuto, versato poco prima dal sommelier.

"A questo nuovo inizio", replicò lui, tradendo la sua moderazione iniziale.

Lei gioì soddisfatta, poi allungò la mano per andare a sollevare la pochette bianca, affossata nel taschino della giacca blu che Antonio indossava.

Daniela giunse al supermercato appena in tempo: subito dopo il suo ingresso, un addetta inibì la fotocellula della porta automatica.

"Signorina, stiamo per chiudere, faccia in fretta", la esortò una cassiera impaziente di terminare il turno pomeridiano, lasciandole intendere che avessero già fatto un'eccezione.

Col carrello della spesa, passò casualmente attraverso la corsia del cibo in scatola, facendo una provvista intuitiva di ciò che le capitava a tiro e che sarebbe loro servito per trascorrere un paio di giorni.

Dopo aver pagato, riempì le buste di spesa e si recò celermente verso l'uscita quando, appena varcata la porta del supermercato, una di queste si impigliò in un ramo sporgente di un'aiuola decorativa e si squarciò, lasciando cadere per terra i cubetti di latta.

“Accidenti!” Esclamò, consapevole che il supermercato non le permettesse più di rientrare e realizzando di essere in difficoltà col trasporto della spesa.

“Posso aiutarla?” Gli si avvicinò un uomo sulla quarantina. Vestito in modo classico, indossava un gilet nero e una cravatta intonata riportante un logo.

“Grazie, davvero gentile”. Ne apprezzò il gesto altruista la ragazza.

“Le do il mio sacchetto se vuole”. Estrasse dalla busta due baguette e una bottiglia d’acqua, che avrebbe potuto trasportare agevolmente fra le mani.

“Che fa?” Gridò Carlo sopraggiungendo e vedendo accovacciato l'uomo, troppo vicino alla sua ragazza.

Questi lo osservò in modo dubbioso, cercando di capire chi fosse lo scalmanato neo arrivato.

“Non hai capito vecchio!” Si avvicinò minaccioso.

“Carlo smettila, mi sta aiutando!” Supplicò lei.

“Ragazzino irriverente!” Lo apostrofò l'uomo, probabilmente un addetto di banca, visto il cartellino di un istituto di credito sbucato dal taschino della camicia.

A quelle parole, Carlo si scagliò contro l'uomo dandogli una testata sulla fronte e facendolo rovinare dolorante per terra.

"Ma sei impazzito?" Si intromise Daniela.

Lui la guardò in modo severo e fece partire uno schiaffo che le si scagliò sulla guancia lasciandola senza parole. Non l'aveva mai sfiorata prima d'allora; la gelosia lo stava annebbiando a tal punto da fargli perdere il lume della ragione.

"Andiamo!" La afferrò brutalmente per un polso trascinandola con sé e lasciando per terra i prodotti acquistati. In preda alla rabbia calciò con spregio la busta della spesa verso l'uomo rimasto rannicchiato e dolorante, con le mani sul viso.

"Non dovevi, non dovevi!" Replicò inerme la ragazza mentre lo seguiva tremante.

La cena al ristorante fu caratterizzata da degli ottimi scampi all'adriatico e un polpo, all'olio d'oliva, cotto nel forno a legna. Il tutto era stato preceduto da una pirofila colma di ottimi mitili rigorosamente crudi, particolarmente apprezzati dalla gente del posto.

"Grazie per la serata", affermò lei, mentre tornavano in macchina con un sottofondo musicale romantico.

"Prima di risalire al nord ci voleva una cena così", commentò soddisfatto.

“Quando ripartirai?” Mostrò per la prima volta un dispiacere che parve onesto.

“Tra una settimana al massimo”. Guardò avanti per non mostrare tentennamenti.

“Ho voglia di fumarmi una sigaretta. Accosteresti in un posto vicino al mare?” Rovistò nella borsa per cercarle.

"Ho il solito pacchetto". Estrasse dalla tasca interna della giacca un contenitore malconcio.

"Storiche? Eventi speciali?" Ricordò come fumasse solo occasionalmente, prendendolo un po' in giro.

Lui annuì, imboccando una stradina laterale che, passando fra gli ulivi e i vigneti, li avrebbe condotti direttamente sul litorale adriatico. Il mare di fine febbraio si presentava calmo, contraddistinto da un piacevole rumore delle onde e accompagnato dall'inconfondibile odore di alghe.

“Mi spiace che tu parta”. Interruppe lo sciabordio del mare con un'esternazione.

Lui non rispose, fumava la sua sigaretta fissando il buio dell'orizzonte, mentre era seduto sul cofano dell'auto con una mano nella tasca e una gamba piegata sul paraurti.

Lei si avvicinò prendendo ancora l'iniziativa: lo abbracciò e cercò con le sue labbra quelle del ragazzo, senza trovare resistenza.

Antonio la palpò delicatamente, mentre la baciava, per tastarne il corpo: era tonico proprio come lo ricordava. L'eccitazione prese il sopravvento. Avvinghiati nell'auto, fecero l'amore appassionatamente come non accadeva da molti anni prima.

Tornato a casa, Antonio non era riuscito a prender sonno: gli avvenimenti del giorno prima avevano preso una piega inattesa: il ritorno di fiamma aveva riaperto una ferita non totalmente rimarginata. La paura di un'ulteriore delusione d'amore contrastava l'euforia di una notte di passione.

Dopo alcune ore in dormiveglia, assonnato, si recò in cucina per preparare la vecchia moka, dato che sua madre e la nonna erano uscite di prima mattina a fare delle compere. Riempì una tazza da cappuccino con una doppia porzione, nel tentativo di ridestarsi, e ritornò in camera sorseggiandola.

"Come va in Puglia?" Scoprì un messaggio inatteso su Messenger, accendendo il computer: si trattava ancora una volta di Daniela.

"Qui è già primavera!" Digitò gaudio Antonio, avendo aperto le persiane qualche istante prima e lasciatosi accarezzare il viso da un piacevolissimo tiepido sole.

"A Milano pioviggina oggi. Il cielo è grigio". Una faccina triste, di color nero, ne certificava lo stato d'animo.

"Come mai mi scrivi a quest'ora? Non dovresti essere impegnata nel corso?"

"È definitivamente interrotto causa Covid. Credo che tornerò su in Cadore".

"Tornerete". Puntualizzò lui.

"..." Scrisse lei.

"Cioè?" Si incuriosì il molfettese.

"Non riesco più a capirlo. Si comporta in modo strano". Lamentò.

"Pensi ancora all'aggressione della scorsa settimana? Guarda che per me è già acqua passata". Minimizzò l'accaduto.

"Non solo, ha picchiato un uomo ieri e..." Tentennò indecisa se fosse stato caso di scriverglielo.

"E...?" Trattenne il respiro.

"Mi ha alzato le mani!!!" Una serie di punti esclamativi ne palesarono il nervosismo.

"Cosa? Spero tu lo abbia denunciato!" La tazza si rovesciò sulla scrivania, dalla rabbia.

La conversazione si era arrestata nuovamente.

CAPITOLO V

La convocazione

"Egregio Colonnello Antonio Genzaro, lei è atteso per la parata d'insediamento in occasione della sua assegnazione al Comando della Caserma Giacomo Matteotti di Belluno, in data 15 Marzo 2020". La comunicazione ufficiale, tramite PEC, era giunta dalla Sede Centrale del Corpo Militare situata presso la Capitale.

"Finalmente!" Esultò il molfettese, stringendo il pugno in aria, mentre ne leggeva trepidante i contenuti.

La bramata missiva telematica era stata ritardata di alcuni giorni, a causa dello stato di allerta che aleggiava nelle forze armate: il virus continuava a diffondersi inesorabilmente sul territorio, prendendo alla sprovvista virologi, creando scalpore fra i medici, mettendo sotto pressione il Sistema Sanitario

Nazionale e imbarazzando la classe politica; contingenti di militari erano stati mobilitati a supporto delle forze dell'ordine.

Quella che doveva essere una semplice influenza, che avrebbe dovuto colpire marginalmente il belpaese e le nazioni occidentali, si era diffusa celermente e in modo aggressivo, prendendo in contropiede la moderna struttura sociale del mondo industrializzato.

Ogni nazione sviluppata aveva adottato provvedimenti diversi: la Gran Bretagna aveva minimizzato il pericolo, dichiarando che avrebbe lasciato tutto aperto per favorire celermente l'immunità di gregge; il Presidente degli Stati Uniti aveva ironizzato sulla malattia e sull'uso delle mascherine; infine, in Europa Continentale, erano state adottate misure più severe che si differenziavano da Stato a Stato.

In Italia vi era stata un'escalation di provvedimenti: dallo scetticismo iniziale con cui si era sottovalutato il virus, si era passati a zone rosse circoscritte, alla sospensione scolastica, alla chiusura degli stadi col blocco totale dei campionati, fino allo storico discorso del 7 Marzo 2020, dell'allora Presidente del Consiglio Giuseppe Conte, che aveva spiegato agli italiani l'istituzione del lockdown nazionale attraverso un inusuale DPCM.

Qualcosa di impensabile, dal dopoguerra, era stato adottato. A memoria d'uomo, era dai tempi del secondo conflitto mondiale, oltre 80 anni prima, che non veniva limitata la libertà individuale con un'azione tanto restrittiva.

Due giorni più tardi, il 14 Marzo 2020, Antonio partì per Belluno. Munito di autocertificazione, salì su uno dei pochi treni percorrenti lo stivale da Sud a Nord e, dopo aver fatto due cambi di fortuna a Bologna e Padova, riuscì a giungere in serata Belluno.

Il traffico ferroviario era stato ridotto a una manciata di collegamenti a lunga percorrenza, predisponendo la soppressione della maggior parte dei treni programmati al fine di disincentivare il movimento dei viaggiatori, mentre in un primo momento erano rimasti invariati quelli a corto raggio, i regionali.

Uscì dalla stazione di Belluno in una desolazione surreale, rotto dallo scoppiettio del motore diesel del treno in sosta sul binario uno. L'ampio piazzale, antistante il fabbricato, era completamente sgombro da auto, illuminato da una dominante luna piena che aveva preso il sopravvento sulla fioca luce dei vecchi lampioni situati ai margini stradali.

Sulla destra, una sola macchina parcheggiata coi fari spenti: si trattava di una Jeep dell'Esercito con a bordo una persona.

Costui, intuendo che il neo arrivato fosse la persona attesa, uscì celermente dall'auto e si diresse verso di lui. "Buonasera, è lei il Colonnello Gentaro?" Si sincerò dell'identità a pochi metri di distanza.

Era un uomo in uniforme militare, contrassegnata da due stelle e una corona, dalla cadenza laziale.

"Sì, sono io". Confermò annuendo, mentre cercava di mettere a fuoco le mostrine sugli omeri al fine di risalire al grado.

"Sono il Tenente Colonnello Mirko Volantino, il reggente temporaneo della caserma dove lei si insedierà domani per assumerne il comando". Si identificò, dopo aver unito con uno scatto i suoi anfibi e portato la mano destra inclinata a quarantacinque gradi all'altezza del sopracciglio, per un saluto militare gerarchico.

"Stia a riposo". Ordinò, ricambiando il gesto.

"Prego, si accomodi. La accompagnerò personalmente in caserma". Tirò la maniglia della portiera, lato passeggero, per invitarlo a entrare.

Attraversarono strade deserte, pattugliate sporadicamente da volanti della Polizia che osservavano scrupolosamente ogni veicolo in circolazione. La città aveva un bell'aspetto, coi suoi giardini curati, assenza di rifiuti sull'asfalto, le auto parcheggiate in modo composto e la bellezza architettonica. Dopo circa venti minuti giunsero in caserma, un'enorme fortezza adagiata sul pendio di una collina che dominava l'altopiano, dove Antonio finalmente poté prendere posto nella sua camera e liberarsi degli indumenti. Il viaggio di fortuna era durato oltre 12 ore, reso arduo dalle tre immense valigie piene di vestiti e dalle immancabili conserve pugliesi: questa volta la mamma e la nonna lo avevano rifornito per bene, temendo un'assenza più prolungata del solito.

L'indomani, di primo mattino, spalancò gli scuri del suo attico. Restò estasiato nel guardare il panorama: immense montagne circondavano la caserma, le cui vette più alte erano abbondantemente innevate, mentre fitte foreste ne ricoprivano le pendici fino a circa 2000 metri.

Sembrava che la mano dell'uomo non avesse intaccato quel paradiso.

Si diresse allo specchio, affisso in camera sopra un piccolo lavabo, e si cosparse delicatamente il viso con la schiuma da barba.

Toc-toc, qualcuno bussò alla porta.

Sbuffò per quell'indesiderato disturbo, poi lo invitò ad entrare, nonostante avesse ancora un aspetto crespo. "Avanti!"

"Buongiorno Colonnello, sono il Capitano Michele Maiello. Vorrei comunicarle che la attendono giù per la cerimonia". L'ufficiale, palesemente imbarazzato, aveva esortato il suo superiore a presentarsi in Piazza d'Armi, un atrio presente all'interno della caserma, dove si effettuava l'alzabandiera e si adunavano i militari per le comunicazioni ufficiali giornaliere alla truppa.

"Ma dovrebbe essere per le 8:30?" Opinò, guardando il suo cellulare segnare ancora le 7:45.

"È stato anticipato di mezz'ora. Infatti, tra quindici minuti verrà suonato l'Inno di Mameli". Osservò l'asta portabandiera, alta 15 metri e visibile dall'abbaino.

"Se non arriva il Generale non sarà possibile dar luogo al passaggio di consegne". Usò l'asciugamano appeso al collo per ripulirsi le labbra dalla schiuma da barba sbavata.

"In realtà è giunto poco fa e ha molta premura di concludere la cerimonia. Credo debba recarsi in Lombardia per coordinare da vicino le operazioni militari e stabilire un piano al fine di prevenire la diffusione del Covid". Spiegò.

"Arrivo subito!" Sgranò gli occhi, si affrettò a indossare la camicia e la cravatta che la sera prima aveva appeso meticolosamente, con una gruccia, alla maniglia della finestra. Prese la giacca e si infilò il berretto, poi, ripassando davanti allo specchio, realizzò di avere il viso ancora imbiancato a chiazze di schiuma. Afferrò la lametta ed eliminò, in modo grossolano, la scarsa ricrescita accumulatasi dal giorno precedente; si provocò piccole lesioni, dato che la pelle era ormai secca. Infine, si ficcò con forza gli anfibi, passandoli sulla punta con una stoffa di lana al fine di lucidarli e, in meno di cinque minuti, si precipitò nella Piazza.

Il Generale era sul piccolo palco di ferro, fatto di tubi innocenti, sopraelevato rispetto al piazzale circostante, al cui fianco vi era una lapide con gli onori ai caduti e l'asta dove sarebbe stata issata la bandiera. Fissò severamente Antonio, giunto in ritardo, pur comprendendo il disguido di cui era stato vittima, poi osservò il trombettiere sollecitandolo a iniziare la cerimonia.

Giuseppe prese posto vicino al suo superiore e, dopo averlo salutato formalmente, rimase immobile in posizione di attenti, in attesa che l'Inno Nazionale terminasse.

La Cerimonia durò solo alcuni minuti, alla presenza di pochi militari, tutti muniti di mascherina e guanti. La particolarità che colpì Antonio era il distanziamento all'interno dei plotoni: la paura del contagio aveva sopraffatto il formale aspetto ammassato. Ordini dall'alto imponevano un metro in ciascuna direzione, derogando dalle conformità.

Al termine della manifestazione, il Generale affidò formalmente il comando della caserma ad Antonio e, con un autoveicolo messo a disposizione dai piani alti, si diresse celermente a Bergamo.

"Capitano, qual è il programma odierno?" Chiese al suo diretto inferiore, non appena fu rimasto solo con lui e la truppa era stata congedata, dopo aver tenuto un sintetico discorso di presentazione.

"Stamattina, faremo sopralluogo nelle nostre zone di competenza nei dintorni, in modo che lei possa visitare i punti sensibili. Nel pomeriggio, stabiliremo le squadre che andranno a presenziare i posti di blocco a supporto delle forze dell'ordine. Le direttive arrivano giornalmente con un fonogramma proveniente dal Comando Centrale della Capitale.

Disposizioni diverse tutti i giorni, per non dare punti di riferimento a eventuali cittadini poco rispettosi delle regole". Disquisì sapientemente l'uomo proveniente dalla Campania.

Aveva folte sopracciglia nere, intonate al pizzetto disegnato sul mento e alle basette sapientemente mozzate all'altezza del trago. I suoi occhi verdi spiccavano nel volto abbronzato fuori stagione, ottenuto grazie alle lampade solari.

"Prepari subito la Jeep. Prendo un caffè al volo e partiremo". Non aveva ancora fatto colazione, visto l'inaspettato contrattempo mattutino.

"La aspetto alla porta carraia". Si incamminò verso il box automezzi.

Alle 9 e mezza partirono: dopo circa venti minuti di macchina, percorrendo una tortuosa 'via Termine', sbucarono in una vallata, la Val di Zoldo.

"E tutti quegli alberi abbattuti?" Si incuriosì Antonio, notando un numero cospicuo di tronchi adagiati parallelamente, nella stessa direzione, sul versante della montagna. Sembrava quasi un'opera malvagia dell'uomo.

"Opera della tempesta Vaia. È accaduto circa un anno e mezzo fa, a Novembre 2018: una strana configurazione barica ha innescato un forte vento proveniente da Sud che, incuneandosi nei meandri delle strette vallate, ha subito un'accelerazione per compressione, fino ad assumere la portata di una tromba d'aria", spiegò con padronanza culturale.

"E ha avuto la capacità di raderne al suolo facilmente un numero così consistente?" Rimase perplesso a pinzarsi il labbro con due dita.

"Gli alberi sono stati sradicati perché erano tutti della stessa specie e le loro radici non erano saldamente intrecciate nelle profondità del terreno". Gesticolò con una mano, mentre con l'altra teneva ben stretto il manubrio.

"Incredibile, che distruzione!" Urtato nella sua moralità ambientalista, notò l'ecatombe ecologica, mentre una vibrazione proveniente dal suo cellulare ne aveva richiamato l'attenzione. Lo estrasse, mentre il Capitano guidava il veicolo, e lesse un nuovo messaggio appena giunto.

"Mi manchi". Era da parte di Giulia.

Partito da Molfetta aveva dimenticato di scriverle, preso com'era dai suoi pensieri e dalle incombenze giornaliere.

Dopo la cena galante al Japigio, si erano visti tutti i giorni e avevano ricominciato a frequentarsi. Lei lo aveva accompagnato alla stazione, il giorno della partenza, sfidando il coprifuoco e lasciandosi sfuggire una lacrima non appena il treno fu partito.

La donna, questa volta, sembrava avesse preso le cose sul serio.

CAPITOLO VI

La rottura

Carlo e Daniela avevano fatto ritorno nel Cadore, ciascuno nella propria abitazione: lei era ritornata coi suoi a Calalzo di Cadore, mentre lui nella casa di famiglia degli ormai defunti genitori, nella vicina Perarolo. Il rientro in residenza era una delle motivazioni ammesse, per lo spostamento, nonostante fosse in vigore il lockdown.

Si avvertiva che qualcosa fra loro era cambiato: quell'aggressione fisica, fuori dal supermercato, aveva incrinato il rapporto.

Lei non aveva più aperto bocca quella sera tornando a casa; mai nessuno si era permesso, prima di allora, di sfiorarla con un solo dito. Il padre e la madre le avevano insegnato un'educazione rigida e rispettosa, redarguendola a parole, cercando un dialogo costruttivo, talvolta alzando il tono per richiamarla all'ordine e paventandole il divieto di uscire con le sue amiche, nei casi più gravi; l'avevano cresciuta lasciandole la libertà di scelta e dandole fiducia. Le lacrime non l'avevano avuta vinta: montanara e tosta di carattere, aveva avvertito un forte rancore nei confronti di Carlo perché aveva violato la sua dignità di donna e le aveva mancato di rispetto.

Questi, dopo essersi ripreso dal raptus di gelosia, aveva realizzato di averla combinata grossa per non aver saputo gestire la sua rabbia.

Tornati nel miniappartamento, aveva tastato la collera di Daniela ponendole una domanda con estrema indifferenza e un pizzico di sfrontatezza, quasi non fosse accaduto nulla: "Amore, sto per ordinare due pizze d'asporto. Prendo la solita brie e funghi per te?"

Nessuna risposta era giunta dalla ragazza.

"Sei ancora arrabbiata con me?" Aveva chiesto, vedendola rannicchiata nell'oscurità della camera, sotto la finestra.

Lei aveva proseguito con l'indifferenza. La sagoma della sua testa lasciava intravedere che lo sguardo fosse diretto verso lui, sebbene non si riuscisse a distinguerne l'espressione. Ne captava il luccichio delle pupille riflettenti una flebile luce proveniente da un vecchio abat jour acceso, che illuminava parzialmente la camera avvolta nella penombra.

"Insomma, non mi dici niente? Le si era avvicinata quasi in punta di piedi.

Daniela era ancora rimasta immobile nel vederlo approssimarsi, quasi fosse una tigre in attesa di attaccare la preda.

Carlo aveva provato ad allungare timidamente un palmo per accarezzarla, che lei aveva prontamente schivato spostandosi di lato. Aveva ritentato ancora una volta, ricevendo un netto rifiuto attraverso una gelida mano che aveva arrestato la sua e reso vano il desiderio di riappacificazione.

"Scusami, ho sbagliato". Aveva ceduto, constatando che i suoi propositi erano andati a vuoto fino a quel momento.

Ancora silenzio da parte di lei.

"Insomma, dimmi qualcosa!" L'aveva esortata a dialogare, non sapendo più come comportarsi.

"Tra noi è finita!" Aveva sentenziato la ragazza con poche parole.

"Daniela, ma che dici?" Incredulo, aveva provato un senso di smarrimento mai avvertito prima di quel momento.

"È finita!" Aveva bissato con maggiore freddezza.

"È stato solo un momento di debolezza. Non succederà più". Aveva promesso battendosi energicamente un pugno sul petto, come stesse giurando, mentre un attacco di panico lo stava assalendo.

"Spero per te che sia vero; che avrai rispetto per la prossima ragazza e che questa esperienza ti faccia crescere!" Aveva rincarato la dose.

Le parole concise e decise lo avevano trafitto come una spada di Damocle, risuonando come una scelta ponderata e sicura che Daniela aveva maturato nella sua meditazione silenziosa.

"Sono distrutto!" Aveva cominciato a piangere il ragazzo.

"Sii uomo! Accetta la mia decisione senza polemizzare ed assumiti le responsabilità dei tuoi gesti". Aveva assunto un tono ancora più intransigente.

"Sono un cretino, un deficiente!" Aveva cominciato a picchiarsi da solo sul viso e dare testate al muro in preda a una crisi isterica.

"Smettila, ti prego!" Si era sollevata da terra nel tentativo di fermarlo, mentre i battiti sordi contro le pareti aumentavano di intensità.

"Carlo ti supplico, smettila!" Aveva acceso la luce della stanza, constatando il volto del ragazzo tumefatto: ci era andato giù duro.

Che fare, aveva pensato Daniela.

"Voglio solo morire; sono solo, non ho più i genitori e adesso anche la ragazza mi ha lasciato!" Aveva continuato a disperarsi, gridando e piangendo.

Un senso di pietà aveva cominciato a dilagare nel cuore di Daniela. *Forse sta ancora soffrendo per la perdita dei genitori?* Si domandò fra sé. *In fondo non l'ha mai fatto prima d'ora.* Il sentimento preesistente aveva preso il sopravvento, attenuando un po' di rancore.

"Ho bisogno di te!" Aveva infine supplicato notando un'espressione meno arcigna e uno spiraglio di perdono.

Daniela aveva continuato a tergiversare mentre lui, come un bambino in cerca di perdono, aveva proseguito con la sua strategia lagnosa.

La ragazza sospirò, poi affermò: "Va bene, ti perdonerò per questa volta". Aveva trovato la forza di soprassedere temendo il peggio.

"Dici davvero?" A quelle parole aveva smesso di autolesionarsi, cercando una coccola infantile fra le braccia di

Daniela.

Dopo quella sceneggiata, lui aveva ordinato due pizze che lei aveva tentato di ingurgitare nonostante la fame le fosse passata, poi erano andati insieme a letto per cercare di riposare qualche ora; l'indomani sarebbero partiti presto per il Cadore con uno dei pochi collegamenti ferroviari garantiti.

"Che fai Carlo?" Aveva chiesto Daniela, avvertendo la mano di lui, frugare fra le sue parti intime sotto le lenzuola.

"Ti desidero", aveva sussurrato in modo dolce.

"Ma, abbiamo poche ore per riposare..." Aveva cercato di dissuaderlo con una scusa palese.

"Shhh", la aveva invitata a non rovinare quel momento a suo dire romantico.

La ragazza aveva guardato costernata verso il soffitto oscuro, abbandonando sconfortata il controllo del suo corpo, mentre lui le baciava eccitato il collo, per cercare inutilmente di coinvolgerla. Carlo la possedette egoisticamente, in un rapporto per lei senza piacere, al limite di una violenza: non era riuscita minimamente a lasciarsi andare e durante il coito aveva persino avvertito forti dolori lancinanti che, per la prima volta, le avevano fatto provare un senso di disgusto verso di lui.

"Mamma, porto Ricky a spasso". Disse Daniela a sua madre, la mattina successiva, intenta a uscire col suo cane per fargli fare i bisogni.

"Tra un po' sarà pronto il pranzo, non tardare troppo". Si raccomandò la donna, mentre era impegnata a mescolare, col mestolo, un succulento ragù di capriolo.

"Va bene, facciamo solo un giretto". Promise, mentre socchiudeva delicatamente la porta.

Scese giù dal paese, abbarbicato su una collina, passando per il vecchio cinema ormai in disuso da anni e parzialmente crollato; l'insegna xilografata ne rappresentava un cimelio di vecchia data. Una leggera pioggia rendeva il paesaggio malinconico, mentre fitte raffiche di Tramontana preludevano a un progressivo peggioramento meteo.

Si recò al laghetto, passando vicino alla stazione ferroviaria.

Calalzo era completamente deserta. Nonostante la comunità fosse un'oasi defilata e protetta, rispetto ai focolai sviluppatisi nei centri urbani della vicina pianura, la gente aveva preso sul serio il virus. Il rispetto delle Istituzioni aveva avuto un ruolo fondamentale: come da raccomandazioni, la maggior parte degli abitanti era rimasto barricato in casa, mentre qualcuno si aggirava per strada con mascherina, rigorosamente chirurgica, che copriva naso e bocca, estraendo a cadenza regolare il gel per igienizzare le mani.

Dopo aver girovagato per una mezz'ora abbondante, fece ritorno a casa, in compagnia del segugio, trovando in corrispondenza della porta un mazzo di fiori e un foglietto piegato.

Li raccolse e spiegò il pezzo di carta per leggere il messaggio. "Sei bellissima Daniela, ti amo". Non era riportato nessun mittente.

Intuì fosse di Carlo e che stesse cercando di rimediare a quanto accaduto un paio di sere prima: in fondo lui l'amava alla follia.

Dopo il giro di perlustrazione nella zona di Feltre, Antonio e il Capitano avevano fatto ritorno in Caserma per pranzare.

"Situazione critica!" Una mail ad alta priorità apparsa sul PC del Colonnello ne aveva richiamato l'attenzione mentre era passato per il suo ufficio. Aveva trovato il tempo per aprire l'allegato poiché incuriosito: era una comunicazione crittografata spedita da Nicola.

"Antonio, la situazione in Lombardia sta assumendo conseguenze di una portata devastante! Nella zona di Bergamo abbiamo messo a disposizione i camion dell'Esercito per spostare le bare dal centro cittadino ai forni crematori. Non sappiamo più dove accatastarle, è una tragedia! Attenti al virus, è subdolo: copritevi, distanziatevi, usate i disinfettanti e ogni forma di prevenzione possibile. Chi viene contagiato dal virus finisce intubato e muore soffocato perché si sviluppano delle polmoniti fulminanti, spesso non curabili. Non appena sarò a conoscenza di ulteriori dettagli ti terrò informato!"

Accidenti, pensò avvertendo una fredda goccia di sudore attraversagli la schiena.

Prese il telefono cellulare sovrappensiero. Lo sbloccò e trovò il tempo per mandare un messaggio a Giulia, notandola online. "Come va lì? Tutto tranquillo?"

"Amore, certo. Si sta avvicinando la bella stagione e ho cominciato ad andare in spiaggia per la prima tintarella. Ho già preso colore". Replicò vanitosa.

"Mi riferivo al virus", puntualizzò, battendosi la mano sulla fronte e opinandone il recidivo egocentrismo.

"Ma guarda che è una balla, non esiste!" Accompagnò il messaggio con una serie di faccine riportanti risate.

"Giulia, stai scherzando? Non va preso alla leggera. Non devi assolutamente sottovalutare queste cose. Il Virus esiste veramente!" Si indignò di tanta leggerezza.

"Ma sui social non si fa altro che scrivere che è tutto inventato", insistette, apponendo una serie di puntini esclamativi.

"Non ci hanno raccontato la verità dalla Cina. Si sta diffondendo più rapidamente del previsto e ci farà molto male!" Puntualizzò.

La ragazza non rispose, mentre due spunte colorate ne confermavano la lettura.

Scorse gli altri sms, tra cui il messaggio quotidiano di buongiorno di sua madre, contenente la solita preghiera giornaliera; una serie di inoltri fra il gruppo delle sue coetanee, ferventi credenti religiose.

Normalmente ne confermava la lettura, non degnandolo realmente di attenzione. Quel giorno ignorò completamente l'allegato, ritenendolo in quel momento superfluo; preferì scriverle ciò che aveva più a cuore: "Mamma state attenti, prendete precauzioni per il Virus. Da voi non si è ancora diffuso, ma ti assicuro che è molto pericoloso!"

"Capitano, nel pomeriggio faremo un sopralluogo alle caserme dismesse in questa zona!" Ordinò qualche minuto più tardi Antonio, chiamando a rapporto il suo sottoposto di fiducia e indicando con una bacchetta l'Alto Veneto sulla gigante cartina geografica affissa a un muro: curiosamente, due pezzi di nastro rosso adesivo a forma di croce contrassegnavano i luoghi già visitati, mentre sparute spille con la capocchia nera erano conficcate, qua e là, in corrispondenza delle strutture militari.

"Quello è il Cadore", specificò Michele. "È sicuro ci voglia andare proprio oggi?" Guardò dubbioso verso il vetro dell'infisso color bianco avorio, bagnato da gocce d'acqua.

"C'è qualcosa che non va?" Opinò, dirigendosi verso la finestra e constatando una flebile pioggerellina.

"Qui nessun problema come può vedere, ma nelle prossime ore è prevista una bufera sopra gli 800 metri!" Spiegò un bollettino dell'Aeronautica, prelevato dalla sua postazione, in cui erano riportati gli ultimi aggiornamenti meteo.

"Dovremmo essere attrezzati per queste evenienze, non operiamo mica alle Maldive", ironizzò ridacchiando.

"Come vuole, Colonnello". Si irrigidì a quella reazione. "Sarà il caso di portare due Caporali di scorta, dovessimo avere qualche inconveniente". Suggerì infine timoroso.

"Approvato". Fece cenno col capo.

Una Jeep con quattro militari partì da Belluno e, imboccando la Strada Statale 51 direzione Nord, proseguì verso Calalzo, attraversando la vallata.

"Questa è Longarone, Colonnello". Affermò il Capitano, superando l'insegna di benvenuto del centro abitato.

"Se non sbaglio, qui ci sarebbe la famosa diga". Si grattò la tempia, ricordando di averne già udito il nome.

"Sì, proprio lì in alto, sulla destra". Ruotò la testa sollevandola in corrispondenza della struttura. "Anni fa, nel 1968, c'è stata la tragedia del Vajont, con circa 2000 persone morte. Durante il sonno furono travolte da un'onda di tracimazione, causata dalla frana proveniente dal pendio sovrastante, il Monte Toc". Descrisse l'evento sapientemente.

"Una catastrofe". Commentò tristemente. "Vedo che hanno ricostruito il paese più in alto". Osservò le nuove costruzioni edificate in un punto sopraelevato.

"E hanno rinforzato la diga con criteri innovativi che ne garantiscono maggiormente la sicurezza". Puntualizzò, stringendo energicamente un pugno in segno di forza.

Proseguirono ancora verso settentrione, superando rispettivamente Ospitale e Perarolo di Cadore.

"Quanti casolari, sembrano abbandonati." Osservò ancora Antonio, notando alcuni scuri penzolanti e finestre divelte delle case arroccate nei piccoli paesi.

"Non è solo apparenza: i giovani fuggono da questo luogo!" Scosse la testa contrariato.

"Il posto non sembrerebbe così malvagio". Aggrottò la fronte.

"Oggi è una pessima giornata e non è possibile ammirare il panorama, ma le assicuro che è un Eden". Luccicarono gli occhi al Capitano nel descriverlo. "Un cantone di Paradiso: una zona a bassissima densità abitativa che purtroppo rappresenta un vicolo cieco territoriale. Gli abitanti, in passato, hanno optato per l'esclusività: non hanno voluto diventasse meta di turismo di massa. Cortina doveva essere luogo di villeggiatura riservato ai Veneti. Nessuna politica di espansione lungimirante: lo Stato ha preferito realizzare altrove i trafori strategici, che collegano l'Italia con il nord Europa. L'Alto Adige, ad esempio, alla stessa latitudine gode di scambi commerciali di diversa portata". Disquisì, lasciando intendere come conoscesse perfettamente la situazione urbanistica e socio-economica.

"Ma lei, campano, cosa ci fa da queste parti? Dovrebbe

essere amante del mare. Perché non ha chiesto il trasferimento?" Si incuriosì, avendo dedotto dalle sue parole, un particolare attaccamento a quella terra.

"Una storia lunga". Scrollò le spalle.

Il Capitano, 40 anni da poco compiuti, era arrivato a Belluno nel 2000 per svolgere il normale servizio di leva obbligatoria, della durata di 12 mesi, prima che fosse definitivamente abolita 4 anni più tardi.

La misera paga mensile non permetteva di soddisfare grandi ambizioni, pertanto, durante la libera uscita serale infrasettimanale, soleva radunarsi coi commilitoni sulle panchine della centralissima Piazza dei Martiri per condividere qualche tiro di sigaretta e gustare occasionalmente alcune birre sottratte di nascosto dallo spaccio della caserma. Al Sabato era riservata la piccola somma accantonata. Proprio nel weekend, Belluno vedeva aumentare la sua movida serale per via del rientro degli studenti universitari fuorisede e lavoratori che si recavano nella vicina Pianura Padana.

Fu proprio in uno di questi giorni che aveva incontrato Lucia.

"Uno shottino alla mela", aveva ordinato Michele alla

barista del Lounge bar Dolomiti, urlandole dall'altra parte del bancone, nel tentativo di sovrastare il baccano della musica sparata ad alto volume dal dj set.

"Non ho capito!" Le aveva replicato la dipendente, picchiettando con l'indice sinistro vicino all'orecchio, in un gesticolio che lo invitava a ripetere.

"Uno shot-ti-no, un bic-chie-ri-no di vodka alla mela; come lo chiamate voi!" Aveva sillabato ad alta voce le parole palesando un accento tipicamente campano.

Due ragazze, alle sue spalle, avevano osservato la scena divertite.

"Di dove sei?" Le aveva chiesto sorridendo una delle due poggiando una mano sull'omero del ragazzo per richiamarne l'attenzione. Occhi azzurri, capelli ricci biondi, indossava occhiali da intellettuale, portava una coccarda color oro sui capelli e un piercing con un diamante luccicante infilato nel solco alare del naso.

La guardò inizialmente dubbioso, credendo si stesse burlando di lui, ma fugò immediatamente le perplessità per cogliere l'opportunità di una possibile conoscenza: "Campano, di Castellammare. E tu?"

"Io sono di Belluno, ma studio Giurisprudenza a Padova. E

che ci fai da queste parti?"

"Sono un militare". Indicò tutt'attorno gli altri ragazzi presenti, contraddistinti da un evidente taglio di capelli militare e barba rasata.

Lucia si voltò verso l'amica alla ricerca di un segno d'intesa, poi stuzzicò divertita: "Voi del sud, quanto riuscite a reggere l'alcol?"

"Che domande fai?" Un broncio di permalosità si era stampato sul suo viso.

"Hai ordinato un collutorio, devi mica fare i gargarismi?". Lo aveva canzonato guardando il bicchierino color verde, che la barista aveva appena poggiato sul pianale retroilluminato del bancone.

"Solo per iniziare la serata. Poi farò sul serio". Aveva rassicurato con spavalderia, toccato nell'orgoglio per aver messo in dubbio la tenuta alcolica.

"Allora berremo insieme. Chi avrà perso, pagherà il conto". Aveva rilanciato la sfida.

"Ci sto!" Non aveva demorso, pur non avendo molti soldi con sé; nella peggiore delle ipotesi, poteva contare sul prestito fiduciario di qualche commilitone presente all'interno del locale e sostenuto da una famiglia più facoltosa. In realtà confidava di batterle, trattandosi apparentemente di due ragazzine esuberanti.

Ma non aveva fatto bene i conti: cominciarono a ingurgitare una serie di drink, trasformando la goliardata enologica nella disfatta di Caporetto. Michele soccombette ben presto sotto i colpi della Grappa e della Tagliatella, alternati da alcuni calici di Prosecco. Una ciotola di arachidi fu l'unico alimento concesso.

La sua vena allegorica aveva subito una metamorfosi, passando da improvvisatore di battute intriganti, ad allegro raccontastorie, fino a degenerare in una litania lamentosa alterata dal tasso alcolico.

Le ragazze avevano vinto, ma avevano apprezzato il coraggio del campano; Lucia si era accollata il conto. Inoltre, preoccupate dalla sua andatura ormai barcollante e il suo stato palesemente alterato, avevano deciso di accompagnarlo in caserma dove un Caporale, di guardia in porta carraia, ne aveva assunto l'affidamento. La bellunese, sentendosi in colpa, aveva deciso di lasciare il suo numero di telefono per sincerarsi che non sarebbero stati presi provvedimenti disciplinari nei confronti del militare alticcio. In fondo era la figlia di un Maggiore e la sua parola avrebbe garantito l'immunità a

Michele.

Il campano, dopo essersi ripreso dalla sbornia, non tardò molto a contattare Lucia per ringraziarla. Tra loro nacque un'amicizia che ben presto si tramutò in amore, avallato dal fatto che Michele aveva deciso di intraprendere la carriera militare come volontario in ferma permanente: la cosa era stata ben vista dal padre di lei.

"Eccoci arrivati, questa è Calalzo di Cadore". Affermò Michele, varcando l'ingresso del paese.

"Strade perfettamente pulite, grande efficienza", apprezzò Antonio notando gli spazzaneve all'opera.

"Qui entrano immediatamente in azione, sono organizzatissimi".

"Proprio come da noi in Puglia", rise ricordando un avvenimento nella sua terra. "Nel Dicembre del 2007 vi è stata un'insolita nevicata fino in riva al mare: ho dovuto abbandonare la macchina, perché si era impantanata in pochi centimetri di nevischio, e far ritorno a casa a piedi".

"Non aveva messo anticipatamente le gomme da neve?" Ironizzò, tentando di stabilire un rapporto più confidenziale.

"Le lisce chianche laviche e la conformazione in discesa del territorio avrebbero reso vano ogni sforzo". Lo guardò di sottecchi.

Un mezzo spargisale costrinse il capitano a fermarsi al lato della strada, con le quattro frecce accese, mentre ascoltava e guardava il suo comandante.

Quando questi ebbe finito di raccontare la disavventura, propose: "Vuole che la porti al lago?"

"Ottima idea". Chinò il capo per visualizzare dove si trovasse sulla mappa cartacea.

Svoltarono a destra e si diressero giù in riva al bacino, ancora semi ghiacciato viste le temperature prossime allo zero.

"Attento! Rallenta!" Antonio intimò al guidatore, notando una persona che passeggiava pericolosamente al centro della carreggiata.

L'autista inchiodò fra il panico dei passeggeri presenti a bordo: l'auto scivolò per alcuni metri sull'asfalto viscido, fermandosi a pochi centimetri dal pedone rimasto impietrito.

Michele sospirò per lo scampato pericolo.

"Tutto bene?" Abbassò in fretta il finestrino sollevando entrambe le mani dal volante nel tentativo di discolparsi.

"Non si preoccupi, è solo colpa mia! Il mio cane è un tantino ribelle". Fissò severamente l'amico fidato che guaì cogliendo il rimprovero della sua padrona.

Antonio udì la voce, sembrava l'avesse già sentita. Si sporse incuriosito verso Michele per aumentare l'angolo di visibilità e poter incrociare lo sguardo della ragazza incappucciata. "Daniela?"

"Chi è? Sì, sono io!" Confermò la ragazza. "Come fa a sapere il mio nome?" Si chinò per vederlo in faccia, sollevando il cappuccio dalla testa e liberando la sua chioma dorata.

"Sono Antonio, il Colonnello". Si palesò.

"Antonio? Ah sì ora ricordo: il pugliese conosciuto in treno!"

Aprì la portella per uscire dalla macchina e salutarla da vicino, tra le ringhia diffidenti del cane.

"Sta' a cuccia Ricky", ordinò al quadrupede.

"Morde?" Si arrestò a pochi metri, intimorito.

"Non è aggressivo, ma non ti conosce". Sorrise rassicurandolo.

Lui si piegò sulle gambe, allungando timidamente il dorso della mano affinché il cane la annusasse, poi la poggiò sulla testa per regalargli una carezza e conquistarne la fiducia. "Che ci fai da queste parti con la bufera?"

"Abito a trecento metri da qui: porto il mio Husky a fare i

bisogni". Lo guardò mentre esso sollevò vanitoso lo sguardo verso di lei quasi avesse capito si stesse parlando di lui.

"Caspita, è vero". Si diede uno schiaffo sulla fronte per la dimenticanza. "Ti avevo associata a Milano!"

"Vuole un passaggio scortato?" Stemperò l'accaduto il Capitano uscendo anch'egli dall'abitacolo.

"Accordato". Annuì in segno d'intesa Antonio.

Daniela accettò, sedendosi nella parte posteriore della Jeep fra i due giovani caporali un po' intimoriti dalle occhiatacce diffidenti del cane.

"Duecento metri avanti, la prima a sinistra". Indicò lei, sporgendosi verso la rete che separava la parte anteriore da quella posteriore.

"Eccoci arrivati". Annunciò orgoglioso il Capitano.

"Oddio!" Daniela si lasciò scappare un'esclamazione, mentre Ricky cominciò a scodinzolare e ansimare alla vista di qualcuno che conosceva.

Michele e Antonio incrociarono i loro sguardi per dare un significato a quell'espressione spaventata.

"Ciao Carlo!" Salutò il suo ragazzo un po' sgomenta e in apparente stato di disagio, non appena uscì dalla parte posteriore del veicolo.

Questi guardò dubbioso verso l'auto dei militari, poi inveì improvvisamente e senza motivo contro il guidatore, cominciando a dare calci contro la portiera: "Assassino!"

Antonio osservò stranito il suo collega, rimasto inerme a quelle accuse.

Qualche anno prima, in seguito al disgelo delle nevi invernali, il Capitano aveva fatto un sopralluogo nella zona del Cadore al fine di monitorare i pendii innevati e valutare il pericolo frane, avvalendosi della collaborazione degli ingegneri idrogeologici: avrebbero dovuto stabilire se adottare provvedimenti di sicurezza ed eventualmente interdire le vie trafficate sottostanti. La zona era notoriamente carente di arterie stradali alternative, caratterizzata perlopiù da strade tortuose a una sola corsia. Tacitamente, convenivano essere tolleranti nel non applicare tassativamente i divieti alla circolazione, proprio per non penalizzare ulteriormente le attività produttive e gli abitanti.

La scelta, quell'anno, non si era rivelata particolarmente fortunata: i genitori di Carlo avevano perso la vita a causa di un improvviso smottamento notturno, dovuto ad anomale giornate primaverili. La temperatura era salita più del previsto causando lo scioglimento precoce delle nevi e la formazione di torrenti impetuosi.

Il Tribunale Militare aveva assunto il caso, sottraendoli al giudizio civile e garantendo loro un processo di favore.

Carlo ne era stato turbato, non vedendo riconosciute le ragioni in sede di giudizio, pur ricevendo un lauto indennizzo.

Alcuni Carabinieri lo avevano preventivamente immobilizzato notandolo irrequieto mentre gli imputati sfilavano fuori dall'aula da innocenti, seppur visibilmente toccati dal senso di colpa.

"La smetta", intimò il Colonnello al ragazzo.

"E tu chi sei?" Si avvicinò minaccioso al graduato che lo aveva redarguito.

"Carlo, finiscila". Implorò Daniela, afferrandogli un gomito.

"Ah, sei ancora tu..." Lo riconobbe. Caricò un pugno con l'intenzione di sferrarlo, mentre con l'altra mano gli afferrò il colletto della divisa quasi a strangolarlo.

"Già, sono quello che hai spintonato nel ristorante", biascicò, parzialmente strozzato dalla presa.

Carlo si disfece del tentativo flebile della sua ragazza di ostacolarlo, abbandonò la presa alla gola e spintonò Antonio che cascò sull'auto.

"Le ordino di fermarsi!" Qualcuno lo aveva intimato da lontano.

Lui non si era voltato per accertarsi chi fosse, avvicinandosi ulteriormente ad Antonio per sferrare un colpo.

"Polizia, le intimo di fermarsi!" L'agente si era classificato.

Si voltò per constatare la veridicità dell'ordine e scoprì di essere stato colto in flagrante da un agente in divisa: il Capitano aveva approfittato di un momento di distrazione per chiedere telefonicamente l'intervento della forza pubblica, presente in zona a pochi isolati di distanza.

CAPITOLO VII

L'escursione

L'incidenza della pandemia sulla popolazione continuò ad accelerare a causa della propagazione del virus, conseguentemente le misure divennero più stringenti.

Il 22 marzo, per porre un freno ai contagi, il Governo sospese la maggior parte delle attività produttive non essenziali e applicò perfino il divieto di spostamento dalla propria residenza . Una settimana più tardi l'Italia avrebbe superato la soglia dei 100000 casi. Iniziava un periodo opprimente di lockdown con persone speranzose affacciate sui balconi, flash mob, striscioni di incitamento e inni popolari cantati a squarciagola. I cittadini avevano compreso la gravità della situazione, attenendosi scrupolosamente alle norme di salvaguardia pubblica adottate dall'Esecutivo.

Nel Bellunese la routine aveva preso il sopravvento:

Carlo, dopo l'ennesima reazione spropositata, aveva subito un processo col rito abbreviato sotto la tutela di un esperto avvocato: incensurato, era finito agli arresti domiciliari pur essendo accusato di violenza aggravata, in flagranza di reato, nei confronti dei militari;

Daniela si era impegnata nelle spole giornaliere, fra Calalzo e Cortina, nel tentativo di ammazzare il tempo: apportava migliorie continue al suo ristorante, ma soprattutto sperava in un'imminente inaugurazione;

Antonio aveva continuato a prendere confidenza con la nuova realtà territoriale, cimentandosi fra sopralluoghi ad aree militari, spesso dismesse, e fornendo supporto a tranquilli pattugliamenti delle forze dell'ordine, fatto principalmente di controlli di routine sulle poche macchine in circolazione: una manciata di cittadini autorizzati in attività essenziali e autocertificati.

"Buongiorno! Ho voglia di vederti. Quando scenderai in Puglia?" Il Colonnello scorse il messaggio proveniente da Giulia sul cellulare. Continuava a chiedergli periodicamente aggiornamenti sul ritorno nel tacco d'Italia. Fissò il calendario cartaceo appeso al muro, alla ricerca di una data utile, ma gli sviluppi pandemici non permettevano previsioni né a breve, né a lungo termine. Non sapendo cosa risponderle, vagò con lo sguardo sul display, scorrendo fra i ricevuti, dove notò più in basso l'icona di una nuova notifica appena giunto.

"Colonnello, come va?" Era di Daniela.

"Qui tutto bene. Lì, nel Cadore?" Si affrettò a risponderle, calamitato dall'attenzione.

"Ci annoiamo…" Lamentò, aggiungendo una faccina piagnucolante al termine del testo.

"Hai ragione, anche qui è tutto così monotono: pattugliamo strade senza traffico e piantoniamo piazze desolate. È davvero surreale!" Ammirò sconsolato lo screensaver del suo computer: apparivano sequenze casuali di raduni militari, fatte di soldati felicemente ammassati e senza protezioni. Amarcord di tempi abbastanza recenti, che paradossalmente sembravano appartenere a un'altra epoca.

"Quanto vorrei ritornare alla normalità. Non si sa nulla circa le riaperture?" Cercò un'indiscrezione confidenziale.

"Immagino tu abbia premura per l'avvio della tua attività". Si appoggiò sul davanzale della finestra per respirare l'aria divenuta pura e senza polveri leggeri grazie al blocco del traffico.

"Già, abbiamo investito molti soldi". Icone di dollari accompagnarono il testo.

"Non mancherà molto, parlano di possibili allentamenti dopo metà Maggio". Cercò di rassicurarla.

"Davvero?" Un briciolo di speranza la rallegrò.

"Distanziati di un paio di metri e isolati con plexiglass", precisò, avendo ottenuto qualche anticipazione ministeriale.

"Cioè?"

"Da ciò che ho capito, le indicazioni fornite dal Comitato Tecnico Scientifico suggeriscono di installare distanziatori che impediscano la vicinanza fisiche delle persone. Le capienze pertanto andranno riviste".

"Ma sono matti? Non ci staremo dentro con gli incassi... come faremo a sostenere le spese?" Si indignò.

"Parlano di ristori, aiuti, casse integrazioni". Sbirciò un volantino sindacale.

"Ne serviranno una valanga!"

Antonio non aveva una risposta a quell'esclamazione, preferì cambiare discorso: "Ma dimmi, come te la passi in questo periodo? Cosa fai di bello tu, invece?"

"Sempre la solita solfa. Indosso pigiami e leggings e resto segregata fra le quattro mura di casa e quelle del ristorante. Ho voglia di evadere, non resisto più chiusa in queste prigioni, intervallate dalle brevi uscite per portare il cane a fare i bisogni".

Lui rifletté a quelle lamentele, restando in silenzio.

"Quasi quasi mi arruolo, così posso uscire". Lanciò una battuta la ragazza.

"Fatti pronta...passo a prenderti. Ti porto alle selezioni". Aggiunse uno smile ironico.

"Ahahah, davvero simpatico. Non mi sembra il caso di scherzarci su".

"Ti ho detto di prepararti. Arriverò tra un'ora". Insistette.

Daniela trattenne il respiro, mentre osservava il cursore lampeggiante sul display, nell'attesa di una smentita.

"Sto arrivando". Reiterò più convinto.

"Sei matto! Come faremo?"

"Fidati di me".

"Ok, ci proverò". Assecondò la sua richiesta.

Antonio poggiò il cellulare, afferrò la cornetta del telefono interno con cui chiamò il suo sottoposto: "Capitano, richieda al Comando un permesso speciale di circolazione. Vado in

Cadore!”

“Immagino faccia un sopralluogo alla pista ciclabile di Calalzo”. Ridacchiò comprendendone le intenzioni.

"Aggiunga anche il Lago". Resse la battuta.

“Non si preoccupi, cercherò di essere il più celere possibile”. Chiuse la telefonata per mettersi all'opera.

Dopo 15 minuti, il campano si presentò nell'ufficio del suo comandante. “Questa è l'autorizzazione alla circolazione”. Poggiò il documento sulla scrivania. “E quest’altra servirà alla signorina”. Sollevò un borsone che gli affidò fra le mani.

“Cos'è?” Si sbalordì, mentre lo tastava.

“All'interno c'è una divisa militare femminile e un paio di anfibi. L'ho recuperata dal reparto vestiario, apparteneva a una recluta congedatasi il mese scorso. Servirà per farla passare inosservata”. Lanciò un occhiolino d'intesa.

“Sei davvero un bravo Capitano”. Si complimentò, stupito dall'ingegno.

Uscì dalla Caserma, direzione Nord, con la Jeep di servizio; lo avrebbe fatto passare inosservato. In circa un'ora sarebbe arrivato a destinazione, favorito dalla bella giornata di sole: la stagione primaverile si avvicinava e le ore di luce si erano decisamente allungate. Guidando notò i viali cittadini abbelliti da un arcobaleno di colori sfoggiati dagli alberi in fiore: spiccava il rosa dei germogli mischiato al bianco dei boccioli e alle prime foglie verdi.

"Porti fuori Ricky?" Chiese dubbiosa Luisa, sua madre, constatando che Daniela si era accuratamente preparata. Era un mese che non usava più la trousse e non indossava altro che il solito abbigliamento casalingo.

"No mamma, esco a fare un giro". Canticchiò felice.

"Dove vai? C'è il coprifuoco!" Aggrottò gli occhi dubbiosa.

"Non preoccuparti". Pose verticalmente l'indice sul naso, come volesse invitarla a mantenere un segreto.

Proprio in quel momento, avvertirono il rumore di un motore diesel approssimarsi alla casa, seguito dallo stridulo degli pneumatici.

"Esco!" Regalò un bacio volante ai suoi genitori, prese la giacca di pelle nera appesa all'attaccapanni di fianco alla porta e uscì celermente.

Sua madre incuriosita si approssimò, come una spia, alla finestra e spostò la tenda di stoffa rosa per sbirciare e scoprire chi fosse la persona misteriosa.

“Un auto militare”. Sussurrò a suo marito, quasi temesse di essere ascoltata dall’esterno.

L'uomo era rimasto impassibile a leggere un romanzo sulla vita campestre del ‘900, coccolandosi sulla sedia a dondolo, nonostante avesse udito la conversazione e non condividesse appieno l'idea di violare la legge. La guardò di sbieco, quasi a farle intendere che non fosse corretto, ma cedette alla tentazione: si alzò per constatare coi suoi occhi di chi si trattasse. “Preferisco che frequenti un uomo in uniforme come me”. Ammirò orgoglioso la sua divisa, appesa su una gruccia lì di fianco e in attesa di essere stirata.

“Già. Carlo non piaceva neanche a me”. Ammise sconsolata. “Da quando sono venuti a mancare i suoi genitori è diventato geloso, possessivo e oppressivo”.

“Conosci benissimo il carattere di nostra figlia: altruista ed empatica. Credo che Daniela non abbia voluto lasciarlo perché non se la sia sentita di dargli un ulteriore dispiacere”. Afferrò la pipa appoggiata sul tavolo, la accese e diede una boccata.

“Colonnello, ma che sorpresa”. Salutò, entrando in macchina.

“Benvenuta”. Antonio le diede due baci sulla guancia, per

poi affidarle il borsone contenente la divisa.

"Cosa c'è dentro?" Lo scosse in aria come un salvadanaio per capirne il contenuto.

"Un'uniforme. Non appena ci allontaneremo dovrai indossarla". Affermò perentorio quasi fosse un comando impartito.

"Agli ordini Colonnello". Daniela si catapultò acrobaticamente nel vano posteriore fra le oscillazioni rigide del mezzo, mentre Antonio si allontanava dal centro cittadino. "Tu non spiarmi!" Lo ammonì bonariamente puntandogli un dito contro e guardandolo di riflesso dallo specchietto retrovisore.

Il guidatore ammiccò un sorriso, spostandolo verso l'alto.

Si diressero verso est, direzione Conegliano, raggiungendo in circa mezz'ora il Lago di Santa Croce: un bacino naturale, ampliato artificialmente, adagiato in una vallata e circondato da una splendida cornice naturale: le alte cime innevate dell'Alpago.

Imboccarono un sentiero, seguendo un'indicazione riportante la scritta 'riserva naturale', e si ritrovarono su una tranquilla spiaggetta fatta di pietrisco, dove si fermarono per godere del panorama.

"Splendido questo posto!" Ammirò tutt'attorno il Pugliese, dopo aver verificato sul suo Maps il punto preciso d'arrivo.

"L'Alto Veneto è stupendo". Se ne fece promotrice orgogliosamente.

"Hai ragione. Un paradiso per viverci". Stese per terra un grande mantello a trama verde mimetico che aveva trovato casualmente nella Jeep.

"Purtroppo in continuo spopolamento", si rammaricò la ragazza.

"Già, perché gli anziani muoiono". Confermò di esserne al corrente, mentre estrasse dalla tasca il suo famoso pacchetto di sigarette per le grandi occasioni.

"E i giovani emigrano". Ansimò contrariata, poi proseguì. "Non soddisfa le ambizioni nel campo lavorativo. Un piccolo indotto di industrie: spicca l'occhialeria, probabile artefice dell'inquinamento di alcuni bacini per aver scaricato abusivamente in passato ogni tipo di avanzo di produzione; l'industria casearia, un pò di pastorizia, un polo turistico nella zona di Cortina e nient'altro. Belluno e Feltre offrono qualcosa in più rispetto ai piccoli centri adiacenti, ma nulla di eclatante". Spiegò, strappando nervosamente un fascio d'erba che lasciò cadere come coriandoli.

"Peccato che le amministrazioni locali non abbiano creato le condizioni di sviluppo". Boccheggiò il fumo in modo elegante, quasi fosse un reporter televisivo esperto di territorio.

"Vero, ma parlami un po' della tua cara Puglia, o meglio della tua città". Ribatté lei.

Giulia! Ricordò in quel momento Antonio: non le aveva ancora risposto.

"Che c'è, ho detto qualcosa che non avrei dovuto?" Si preoccupò Daniela, osservandolo pensieroso.

"No no, niente!" Balbettò. "La Puglia è una splendida regione che si è sviluppata turisticamente negli ultimi dieci anni, come ben sai, avendola già visitata. Il Salento, il Gargano, la Murgia e le singole realtà cittadine famose quali Lecce, Otranto, Santa Maria di Leuca, Trani e la famosa Gallipoli. Per quanto riguarda la mia città, c'è un buon polo industriale sviluppatosi un po' a macchia di Leopardo: un importante indotto metalmeccanico, aziende nel settore terziario e industria olearia. Ah, dimenticavo, una volta era uno dei più grandi porti pescherecci dell'Adriatico, poi ridimensionato". Fece un sospiro. "Un po' di delinquenza e microcriminalità, ma nulla di così grave: famiglie improvvisate al piccolo spaccio che periodicamente vengono sgominate dalle retate delle forze dell'ordine".

Lei ascoltava lanciando sassolini nell'acqua calma e osservando i cerchi concentrici allargarsi dal punto di impatto, quando qualcosa attirò la loro attenzione: il rumore di un auto avvicinarsi e lo scricchiolio del pietrisco schiacciato dalle ruote.

Due portelle sbattute preannunciarono l'arrivo di qualcuno: erano due Carabinieri, attirati dalla presenza insolita del mezzo militare.

"Buonasera, che ci fate al lago?" Chiese uno dei due avvicinandosi con atteggiamento inquisitorio.

"Abbiamo approfittato di una sosta per ammirare il posto". Rispose Antonio con evidente imbarazzo.

"Favorite i documenti, per favore!" Incalzò diffidente il più alto in grado dei due celerini.

Momenti di panico pervasero i due ragazzi.

Antonio mise la mano nella tasca interna della giacca ed estrasse il tesserino identificativo. "Prego". Glielo porse, speranzoso che dopo un controllo di rito e avendo notato l'alto grado li avrebbero lasciati andare.

"Dunque, lei è il Colonnello Antonio Gentaro, originario

della Puglia e in servizio a Belluno". Lesse a voce alta i dati indicati sul tesserino militare, il Tenente dell'Arma. "E lei invece, Caporale, mi dia un documento". Dedusse classificandola dalla mostrina sull'omero.

Daniela guardò il suo amico in preda al panico.

Fu chiaro, ai due Carabinieri, che qualcosa non quadrava.

CAPITOLO VIII

L'infedele

"**M**i meraviglio di lei, una imprudenza così grossa non me la sarei mai aspettata da un Colonnello. Spero si renda conto dell'imbarazzo arrecato all'Esercito!" Il Generale Marghì redarguì per telefono l'alto Ufficiale pugliese.

"Sono desolato. Me ne assumerò le conseguenze." Si scusò umilmente senza mezze misure.

"Si ritenga fortunato: i piani alti sono oberati da faccende di maggior spessore. Non credo avranno il tempo per analizzare la segnalazione". Confidò, mostrandosi per un momento più tollerante. "La relazione resterà a disposizione degli alti Generali, per alcuni giorni, dopo di che verrà cestinata.

"La ringrazio, Generale".

"Non deve ringraziarmi, non sono suo complice in questa

faccenda. Dovrà dimostrare serietà e maggiore impegno, d'ora in avanti". Fece una pausa per sfogliare alcuni rapporti. "Risulta che la vostra compagnia sia troppo tollerante nei controlli". Ammonì, rincarando la dose.

"Cercheremo di fare del nostro meglio, glielo garantisco". Accettò implicitamente l'incarico.

La telefonata terminò, fece un sospiro di sollievo e guardò il suo sottoposto di fiducia.

"Ti sono riconoscente per non aver fatto il mio nome". Ringraziò il Capitano, visibilmente preoccupato, dalla fronte madida di sudore.

"Non c'è niente che possa rimproverarti!" Ammiccò un sorriso di riconoscenza, saldando un rapporto che da gerarchico si stava trasformando in amichevole.

"L'idea della mimetica è stata mia". Se ne assunse stoicamente le responsabilità.

"Capitano, lei ha fatto il suo dovere!" Ironizzò sommessamente, poi guardò il cellulare per scoprire se Daniela gli avesse scritto qualcosa.

"Colonnello, grazie". Un puntuale messaggio di riconoscenza era giunto dalla ragazza, dato che se ne era assunto personalmente le colpe sollevandola da ogni sanzione pecuniaria e legale.

Lui sorrise fiero di sé e riuscì persino a sdrammatizzare: "Era un sacco di tempo che non mi divertivo così".

"Ho avuto timore che potessero esserci delle conseguenze penali ed economiche. Sai che le nostre casse languono". Mostrò tormento rivangando ancora una volta le sue preoccupazioni di tipo finanziario.

"Il Tenente dei Carabinieri è stato eccessivamente pignolo. Se non ci fosse stata la pandemia, avrei subito un processo e la probabile retrocessione a Tenente Colonnello con nota di demerito". Ammise platealmente.

"Possiamo dire che è andata bene". Si rinfrancò.

"Bene nel male!" Si tamponò il sudore sulla fronte con un fazzoletto di carta. "Adesso pensa ad inaugurare il ristorante. A proposito, come lo hai chiamato?"

"Araba Fenice."

"Risorta dalle ceneri?"

"Sopravvissuta, in questo caso. Abbiamo dovuto chiedere un ulteriore prestito per la messa a norma del locale. Distanziamento, plexiglass, mascherine e distributori di gel."

"Capisco, ma ora è tutto finito, tra poco si riparte". Garantì speranzoso, nel tentativo di rincuorarla.

"Davvero credi che sia terminata questa storia?"

"Dicono che il virus si sia indebolito e che, probabilmente, non ci sarà nessuna seconda ondata". In realtà una parte di sé non ne era completamente convinto; covava un presentimento, ma aveva ritenuto più importante inviare un messaggio positivo che potesse far ben sperare.

Nella seconda metà del mese di Maggio 2020 vi furono delle riaperture, come promesso, pur nel rispetto delle rigide misure di sicurezza; la gente tornò a spostarsi all'interno della propria regione, i ristoranti spalancarono le porte ai clienti rispettando il distanziamento imposto. Tutto sembrava che stesse ritornando alla normalità.

Antonio decise che era il momento di ritornare in Puglia, dopo mesi. Si affidò a un'azienda privata low-cost di trasporto su gomma: aveva inaugurato una nuova tratta Belluno-Lecce, applicando per l'occasione prezzi stracciati. Il viaggio fu comodo essendovi pochi presenti a bordo, nonostante il mezzo avesse accumulato un paio d'ore di ritardo a causa di imprevisti incolonnamenti autostradali.

"Mamma?" Urlò non appena ebbe varcato la porta di casa. Non aveva preavvisato del suo arrivo.

"Antonio?" Non poté credere alle sue orecchie: suo figlio era ritornato. Si affacciò dalla porta della cucina per sincerarsi che fosse davvero lui. Corse ad abbracciarlo; non lo vedeva da Marzo. La pandemia aveva amplificato le distanze e trasformato pochi mesi in un'eternità.

"Ho fame! Una spaghettata di cozze?" Propose, non appena si fu liberato della morsa amorevole materna.

"La faremo a cena. Adesso ci sono le orecchiette alle cime di rapa". Si intromise la nonna sbucando dal bagno, forte sostenitrice delle tradizioni culinarie locali e amante di quel piatto. Erano quarant'anni che lo gustava di mercoledì.

"Affare fatto". Accettò perché avvertiva i morsi allo stomaco, pur non essendo eccessivamente entusiasta di quella pietanza.

Dopo pranzo, nel tardo pomeriggio, raggiunse il suo amico Francesco, indaffarato nelle pratiche di ristrutturazione edilizia di un fabbricato; era un Geometra. I bonus governativi lo avevano oberato di lavoro.

"Ciccio!" Lo nominò nell'usuale vezzeggiativo locale.

"Antonio, sei ritornato fra noi." Lo abbracciò fraternamente. "Finalmente a casa! Quanto tempo resterai?"

"Una settimana". Indicò sette con le dita.

"Sembra strano rivederti". Lo scrutò come fossero stati due marinai sopravvissuti al naufragio e ritrovatisi sulla terraferma, dopo che la loro nave era affondata a seguito di una tormenta.

"Come va da queste parti? Vedo che si lavora". Cercò di decifrare il disegno tecnico di un immobile, accuratamente spiegato sul tavolo di lavoro.

"Tempi duri qui. Tanto impegno, molta burocrazia, manodopera a singhiozzo, pagamenti sospesi e ristori mai arrivati". Lamentò enumerando a memoria tutte le difficoltà del momento.

"Dappertutto, non solo qui". Fissò più volte l'orologio affisso alla parete, palesando una certa irrequietezza.

"Non avrai mica fretta? Sei appena arrivato". Notò una strana premura nel suo amico.

"Sai, vorrei fare una sorpresa a Giulia". Controllò per l'ennesima volta il cellulare per accertarsi se la ragazza le avesse scritto qualcosa.

L'amico sbuffò nel sentire pronunciare quel nome, la

ragazza non gli stava proprio simpatica.

"Dovrebbe essere ancora a lavoro. Mi ha detto che è stata assunta presso un'agenzia locale di call-center e si occupa della gestione del personale". Mise una buona parola sulla condotta di Giulia, quasi a volerlo convincere.

Francesco lo guardò titubante mentre ascoltava il racconto. Piegò serafico il disegno tecnico, spense la luce a led che illuminava il tavolo di lavoro, infine propose: "Vieni, andiamo a prenderci un caffè".

"Volentieri". Masticò una caramella, ripiena di sciroppo alla pesca, prelevata dal piattino di benvenuto posto su una mensola vicino all'ingresso dello studio.

Lo condusse a metà strada fra Molfetta e Giovinazzo, nella spiaggia ormai diventata di moda: Torre Gavetone, un luogo che aveva fatto storia.

La Puglia, vulnerabile dal mare, era stata da sempre terra di conquista da parte di invasori stranieri; Greci, Turchi, Saraceni, Svevi e Normanni, l'avevano contesa nei millenni passati, regalandole momenti di splendore ad altrettanti di sottomissione.

Gli autoctoni avevano escogitato efficaci sistemi di difesa, fra cui Torri strategiche elevate nelle insenature naturali, denominate cale, che garantivano una copertura strategica di svariati chilometri. Tutto ciò avveniva grazie alla straordinaria visibilità, favorita dalle particolari condizioni atmosferiche: il Sud non era un luogo afflitto da nebbia, considerato dagli abitanti del posto evento eccezionale, poiché era esposta alla ventilazione da ogni direzione. I centri urbani erano stati fortificati con spesse mura di cinta ed erano caratterizzati da un intricato schema di strade interne a spina di pesce, dove si alternavano vie d'uscita e vicoli ciechi: un sistema articolato per tendere imboscate agli invasori e sconfiggerli con olio bollente, lanciato dai tetti delle abitazioni sovrastanti, dopo averli messi sotto scacco.

"Due espressi", ordinò il Geometra al cameriere del bar costruito a pochi metri dal mare.

"Ecco a voi, sono già pagati". Glieli offrì quest'ultimo in modo gentile e confidenziale. Era un conoscente di vecchia data.

"Sediamoci su quel tavolino e fumiamoci una cicca". Propose il Colonnello indicando un posto che permetteva di godere della visuale sulla litoranea. Tirò fuori dal marsupio il solito pacchetto di sigarette per gustarsene una col caffè.

"Slow life meridionale! Vedo che ancora non l'hai dimenticata, pur essendoti trasferito a nord da un bel pezzo". Lo prese in giro il geometra, amante della vita agiata.

"Le buone abitudini non si dimenticano mai".

Scoppiarono in una risata d'intesa.

"Mancano circa cinquanta minuti alla fine del lavoro di Giulia". Si sincerò ancora dell'ora, sbirciando lo schermo del telefonino e mostrandosi un tantino ansioso.

"Vi scrivete spesso?" Domandò Ciccio avvicinandosi con aria inquisitoria. Era diventato improvvisamente più serio.

"Sì, tutti i giorni, anche se negli ultimi tempi è diventata meno assidua. Mi manda messaggi più brevi". Sbloccò il cellulare per mostrare la cronologia delle chat all'amico, senza soffermarsi sui contenuti. "Ecco, vedi, da circa due settimane sembrerebbe decisamente cambiata".

L'altro lo osservò dubbioso e disgustato.

"So che non la trovi di tuo gradimento a causa del suo comportamento scorretto in passato. A volte le persone cambiano". Gli poggiò la mano sull'avambraccio per persuaderlo a essere meno scettico.

"Non saprei... Dimmi tu invece, non hai avuto nessuna scappatella al Nord?" Gli pizzicò il braccio per ottenere una confessione.

"Nessuna!". Pose una mano sul petto e l'altra sollevata quasi stesse facendo un giuramento solenne.

"Sii sincero". Lo spronò.

"Nulla. Ho conosciuto una bellissima ragazza dell'alto Veneto, ma siamo semplicemente amici". Mostrò la foto di profilo, che la ritraeva di spalle sulla cima di una montagna, come se la stesse dominando.

"Molto graziosa nel fondoschiena". Apprezzò le forme il geometra. "E non ci hai ancora provato?" Maliziò, non completamente convinto della fedeltà dell'amico.

"Mah, una storia complicata: sta insieme a un ragazzino più piccolo, geloso e possessivo. All'inizio ci ho fatto un pensierino, poi tra noi è nata un'amicizia". Si grattò la tempia non totalmente convinto delle sue affermazioni.

Francesco annuì mentre ascoltava, poi suggerì: "Vieni con me. Il mare è splendido!"

Si alzarono per dirigersi verso la scogliera antistante, elevata di un paio di metri sul livello del mare. Sotto vi erano delle spiagge naturali di roccia lavica, levigate costantemente negli anni dalle feroci mareggiate, dove i bagnanti solevano sdraiarsi per prendere la tintarella.

Ammirarono il sole battere ad ovest, sopra uno specchio di acqua pulita. Sullo sfondo gli imponenti campanili della Cattedrale e del Duomo della città. La dolce brezza pomeridiana alleviava la calura.

Una coppia distesa, in controluce, si stava abbracciando appassionatamente godendosi il momento.

"La riconosci?" Indicò improvvisamente Francesco.

"Di chi parli?" Cercò di metterli a fuoco.

"Guarda attentamente la ragazza". Specificò.

"Giulia?" Alzò la voce, quel tanto da richiamare l'attenzione dei due amanti.

Per un istante, lei lo degnò di uno sguardo sollevando la testa, si soffermò sul telefono per controllare qualcosa e gli restò indifferente come si trattasse di un perfetto sconosciuto; si adagiò infine teneramente sul petto dell'uomo in sua compagnia.

Antonio era rimasto pietrificato, non se la sarebbe aspettata nuovamente una cosa del genere.

"Il lupo perde il pelo, ma non il vizio", sentenziò saggiamente il Geometra. "Lui è l'amministratore delegato dell'agenzia dove lavora, o meglio dove percepisce lo stipendio".

"Non ci posso credere". Prese il cellulare per guardare la sfilza di messaggi ricevuti in quei mesi. Notò che la foto di profilo era sparita: la ragazza lo aveva bloccato in quei frangenti.

Istintivamente si diresse verso di lei, nel tentativo di dirgliene quattro.

"Vieni andiamo via, cosa fai? Non ha senso, sarebbe solo tempo perso". Afferrò il braccio del suo amico arrestandone la corsa.

CAPITOLO IX

L'inaugurazione

Il 15 Giugno 2020, finalmente a Cortina si teneva l'inaugurazione dell'Araba Fenice, il ristorante che Daniela aveva acquistato investendo tutti i risparmi di una vita, nonché avvalendosi della collaborazione dei suoi genitori: avevano ipotecato la casa familiare a garanzia di un prestito oneroso. Le spese di adeguamento alle normative Covid avevano reso necessario richiedere un ulteriore anticipo di denaro, ponendola a un moderato rischio di insolvenza qualora non fosse rientrata nelle spese.

Nel locale, oltre alla neo proprietaria, vi erano giunte a dar manforte le due sorelle, Marta e Flavia, studentesse universitarie di Medicina a Bologna, oltre ai genitori e due giovani camerieri diciottenni di origini siciliane giunti a

Cortina, in cerca di lavoro per la stagione estiva. Era stata obbligata a optare per una soluzione low-cost a conduzione familiare al fine di contenere le spese, avvalendosi all'occorrenza di contratti di collaborazione: le limitazione imposte dal DPCM non permettevano lauti guadagni.

"Cosa volete da bere?" Chiese Daniela approssimandosi al tavolo dove era seduto Antonio, in compagnia del suo Capitano di fiducia Michele e dell'amico d'infanzia Nicola, giunto da Milano per l'occasione.

"Del buon vino rosso, ovviamente". Ordinò il Colonnello sollevando un calice vuoto ma splendente.

"Per l'occasione, vi porterò il migliore della casa". Si avviò verso un frigobar in cui erano state stipate delle pregiate bottiglie fatte appositamente arrivare da una nota cantina veneta, immersa fra i rigogliosi vigneti di Conegliano.

"Devo dire che è davvero bella", commentò Nicola, non appena la ragazza si fu allontanata.

"Il Colonnello ha perso la testa", canzonò il Capitano, scuotendogli un gomito con la mano.

"Come si permette ad insinuare una cosa del genere. Stia punito!" Abbozzò una battuta Antonio.

"Sembri davvero diverso", osservò Nicola, notando l'insolito atteggiamento composto e senza malizia da parte del suo concittadino.

"Sono davvero contento che il ristorante sia pieno", disse compiaciuto Antonio, constatando come tutti i tavoli erano occupati e deviando abilmente i pettegolezzi dei suoi commensali.

"Distanziati e con plexiglass, quanto spreco: avranno introiti ridotti". Espresse la sua opinione contrariato, Nicola.

"Prendiamo la buona notizia, sembra che l'emergenza Covid sia cessata". Sospirò il Capitano, riempiendosi un bicchiere con dell'acqua.

"A proposito, Nicola, non mi hai mica raccontato cosa è accaduto dalle tue parti. Ho visto in televisione camion militari pieni di bare. Tu sei una testimonianza diretta". Chiese Antonio nel tentativo di approfondire l'argomento.

Il Tenente Colonnello fece una smorfia di disappunto, poi scrutò attorno per sincerarsi che altri non potessero udire, infine richiamò le teste dei suoi commensali verso il centro del tavolo, per confessare qualcosa: "Ragazzi, tutto deprecabile, sembra che abbiano commesso degli errori imperdonabili".

Gli altri lo guardarono interdetti, senza proferire verbo, alla ricerca di maggiori chiarimenti.

Intuendo la loro curiosità, proseguì: "Protocolli sbagliati, cure errate, diagnosi affrettate. Il risultato è stato un'ecatombe di anziani innocenti!"

"Stai dicendo che li hanno uccisi volutamente?" Il Capitano si pinzò il pizzetto dubbioso.

"Non voglio insinuare una cosa del genere, sarebbe criminale". Allontanò involontariamente il cestino del pane in un gesto di stizza inconscio.

"E allora?" Lo esortò ancora Antonio.

"Non hanno permesso neanche le autopsie, altrimenti avrebbero dedotto apertamente che ci sono stati gravi errori di valutazione, terapie inadeguate e protocolli non aggiornati. Li hanno cremati perché nessuno potesse avere conferma di ciò che era loro accaduto, anche se molti hanno messo in dubbio la versione ufficiale". Strinse un pugno dal nervosismo.

"Cosa avrebbero sbagliato?" Insistette Michele.

"Hanno pompato ossigeno nei polmoni, credendo fossero affetti da semplici polmoniti. Andavano trattate diversamente. Almeno, questo vociferavano alcuni Ufficiali medici che hanno potuto monitorare più da vicino la situazione". Opinò, alzando leggermente la voce.

Cessarono di chiacchierare, vedendo ritornare Daniela al tavolo con una bottiglia di vino rosso, avvolta in un tovagliolo bianco. "Chi assaggia?" Domandò.

"Il più alto in grado, chiaramente!" Fece segno verso il suo amico, Nicola.

"Vorrete mica avvelenarmi?" Scherzò bonariamente l'indicato alla degustazione. "Ok, sarò io a sacrificarmi".

La ragazza cominciò a versare il contenuto nel bicchiere, mentre Antonio ne osservava il suo sgorgare dal collo della bottiglia. Stranamente, l'improvvisata sommellier non si arrestò nel riempirlo, fino a lasciare che il vino traboccasse dai bordi.

"Daniela, attenta, sta fuoriuscendo!" Antonio la avvertì, indietreggiando istintivamente con la sedia e schivando abilmente alcune gocce rimbalzate sul tavolo.

Qualcosa ne aveva calamitato l'attenzione quasi a lasciarla in trance ipnotica.

I tre fissarono il viso di Daniela, notando lo sguardo rivolto all'ingresso: presumibilmente qualcuno aveva fatto irruzione nel locale.

"Carlo, che ci fai qui? Dovresti essere a casa!" Finalmente si riprese dallo shock, pronunciando il nome del ragazzo.

All'entrata vi era il suo ex: era evaso dagli arresti domiciliari in cui era stato confinato per l'aggressione ai militari. Aveva un aspetto trasandato che presagiva a nulla di buono: spettinato e barbuto, indossava pigiama e pantofole.

"Ho bisogno di parlarti!" Tartagliò quest'ultimo in modo scoordinato, come se avesse assunto qualche sostanza stupefacente.

Daniela poggiò la bottiglia sul tavolo e si precipitò verso il suo ex, mentre una delle sorelle si prodigò a sostituire la tovaglia imbevuta di vino.

Mario, il padre di Daniela, avendo assistito alla scena, accorse anch'egli verso il ragazzo nel tentativo di spronarlo ed evitare che compromettesse il clima tranquillo: "Non è il caso che ti comporti in questo modo. Ci sarà occasione per parlarle, ora però devi tornare a casa".

Ancora una volta, sembrò che l'uomo avesse fatto presa sulle scelte di Carlo. Aveva da sempre avuto un forte ascendente, accentuato negli ultimi anni, dopo che era rimasto orfano dei suoi genitori.

Convinto dalle parole di Mario e senza dire una parola si voltò rassegnato e con passo strascicato abbandonò il locale.

"Perdonatemi!" Si scusò dell'inconveniente Daniela, ritornando dai suoi ospiti.

“Non devi giustificarti, è comprensibile”. Il Colonnello sdrammatizzò l'accaduto, mentre il Capitano era rimasto basito e Nicola cercava di capire chi fosse l'intruso.

“Allora, cosa volete da mangiare?” Ritrovò un'euforia inattesa, seppur palesemente sforzata.

“Prenderemmo un tagliere di...” Antonio si arrestò a causa di qualcosa che lo aveva terrorizzato.

Carlo era rientrato: aveva le mani insanguinate. Cingeva, fra le falangi tremanti, un coltello dalla parte della lama con cui si era procurato dei tagli profondi ai polsi.

Non appena Daniela lo ebbe rivisto, pronunciò qualcosa che sembrò una dichiarazione d'amore disperata, poi crollò per terra esanime: aveva perso molto sangue.

“Presto, chiamate un'ambulanza!” Urlò il Capitano, assumendosi l'onere di soccorrere il ragazzo. Si catapultò sul corpo del ferito con alcuni tovaglioli che legò energicamente all'altezza dei gomiti, al fine di arrestare la fuoriuscita di sangue, e tamponò le ferite con delle salviette di carta.

Rimase immobile per sette interminabili minuti, quelli che occorsero affinché un'ambulanza arrivasse sul posto e si prendesse cura del ferito, mettendolo fuori pericolo.

Il gesto di follia del ragazzo aveva determinato il fuggi fuggi dei clienti presenti nel locale, presi dal panico; il ristorante non garantiva più le condizioni igienico-sanitarie necessarie affinché il servizio potesse continuare.

"Perché?" Si lasciò andare a una crisi di pianto Daniela, rannicchiandosi disperata per terra.

Antonio provò compassione e si inginocchiò vicino a lei, nel tentativo di consolarla, sussurrandole: "Mi dispiace per ciò che è accaduto".

"Non mi lascia più vivere. È un'ossessione!" Le mani le coprivano completamente gli occhi. Si vergognava di aver ceduto emotivamente al pianto, lei che si era sempre mostrata indomita alle vicissitudini negative della vita.

"Credo che lo rinchiuderanno questa volta: ha bisogno d'aiuto. Finirà in cura psichiatrica". Rassicurò il Colonnello. Poi si voltò verso il Capitano. "Mi complimento con te! Hai salvato la vita a quel ragazzo".

Quest'ultimo si grattò la nuca perché odiava essere al centro dell'attenzione, poi rispose con umiltà: "Fortunatamente, avevo visto le manovre di primo soccorso in una serie televisiva che seguo da molti anni". Fece una pausa di riflessione. "Glielo dovevo. È colpa mia se i suoi genitori non ci sono più".

"Hai solo cercato di fare del bene. Hai aiutato l'economia del posto perché non volevi che fossimo penalizzati dalle chiusure. Questa gente ti è riconoscente". Ne apprezzò il gesto Daniela, con voce resa tremante dal pianto, a nome di tutti gli abitanti della zona.

Il Capitano si guardò attorno: i genitori di Daniela, le sorelle e i camerieri avevano assistito al dialogo. Anche le loro espressioni facciali palesavano gratitudine.

"Daniela, non preoccuparti per il mancato incasso: organizzerò una cena con tutti i plotoni della caserma". Si voltò verso il padre che stava fumando nervosamente la pipa. "Prenda nota, le occuperò il ristorante in ogni ordine di posto, per un po' di cene."

Gli occhi di Daniela luccicarono e le sue labbra ritrovarono il sorriso smarrito un attimo prima. Si avvinghiò impulsivamente al collo del Colonnello, regalandogli un abbraccio inaspettato che lo lasciò immobile.

Il giorno successivo, Antonio stava lavorando ad alcune pratiche, nel suo ufficio, quando squillò il telefono interno. Il display dell'apparecchio indicava la porta carraia, sollevò la cornetta e rispose: "Chi mi cerca?"

"Colonnello, sono il Sergente di Giornata Tommasini, chiedo scusa se la disturbo, ma una signorina chiede di lei".

"La faccia pure entrare, anzi l'accompagni fino alle scale che portano al mio ufficio". Immaginò, si trattasse di Daniela e che volesse ancora ringraziarlo visto quello che era accaduto la sera precedente.

"Eseguo". Confermò il militare.

Passati 5 minuti, necessari alla schedatura della visitatrice, si udirono i battiti dei tacchi che percorrevano il corridoio e man mano diventavano più intensi avvicinandosi alla porta. Antonio si regalò uno sguardo fugace allo specchio, alla ricerca di qualche imperfezione da correggere e, passando davanti al lavabo, si era perfino bagnato le mani per inumidire i capelli e donargli un effetto lucido.

Toc toc, qualcuno bussò.

"Avanti!" Urlò con voce altisonante.

La porta si spalancò.

Guardò entrare, in controluce, la sagoma sfumata di una ragazza. Realizzò immediatamente dall'andatura che non si trattasse di Daniela. Ripensandoci, la calaltina lo avrebbe preavvisato come al solito, non era sua abitudine presentarsi all'improvviso.

La visitatrice si avvicinò ancheggiando e con passo deciso alla scrivania.

"Giulia? Che ci fai qui?" Esclamò non appena la ebbe messa a fuoco.

"Ciao Antonio, volevo vederti". Inclinò la testa ammiccando.

"Potevi avvisarmi almeno". Si irrigidì perché non aveva apprezzato l'improvvisata.

"Mi avresti evitata. Non mi sono comportata bene l'ultima volta", ammise.

"Già!" Si voltò indignato verso la finestra che dominava dall'alto l'atrio verdeggiante della caserma.

"Dammi un'altra possibilità", supplicò.

"Per far cosa? Andare avanti un altro paio di mesi prima che trovi di meglio?" Alzò la voce, mostrandole per la prima volta un inusuale lato severo.

"Non succederà più, te lo prometto. Potrei trasferirmi qui! Cominciare realmente una vita con te!" Fece ulteriori passi avanti per abbracciarlo e tentare di disarmare ulteriormente la collera.

Lui si voltò con le mani incrociate dietro la schiena e la

osservò disgustato. Sembrò che questa volta le moine non avessero fatto presa. "Giulia", pronunciò il suo nome con un tono più distensivo.

Lei sorrise, alla ricerca di un ulteriore segnale di riappacificazione; sembrava che i suoi modi avessero ancora funzionato.

"Non c'è futuro fra noi, mi dispiace. Tu non cambierai mai e io non sarò mai il vero Antonio con te!" La freddò in modo conciso e perentorio.

"Come puoi non capire?" Civettò, nell'estremo tentativo.

"Basta, ti prego!" La esortò a cessare quella commedia. Tirò fuori il portafoglio ed estrasse alcune banconote che schiacciò sul tavolo. "Questi sono per il viaggio di ritorno".

Giulia cominciò a piagnucolare, tentando la carta della compassione.

Con determinazione, Antonio sollevò la cornetta per parlare col piantone: "Caporale, venga immediatamente! Le ordino di accompagnare la signorina qui presente in stazione. Usi pure l'auto di servizio".

"Addio". Afferrò con forza la maniglia della porta, spalancandola e invitando platealmente la ragazza a uscire.

CAPITOLO X

Il viaggio in Puglia

Il 10 Luglio, l'Italia entrò finalmente in fase 3, con un ulteriore alleggerimento delle misure di contenimento. Il nuovo decreto, di conseguenza, stabiliva maggiori libertà individuali: sport di contatto e di squadra, discoteche aperte, ripresa a pieno regime dei trasporti, maggiori capienze nei ristoranti e un occhio di riguardo anche agli anziani che, dopo mesi di isolamento, potevano ritornare a giocare a carte nei loro circoli.

Con le riaperture, anche il Ristorante di Daniela aveva cominciato ad aumentare i propri profitti: la ripartenza del turismo, unito alla voglia della gente di ritornare alla vita normale, aveva garantito il tutto esaurito per svariate sere. Anche il Colonnello aveva mantenuto la sua promessa, organizzando cene a tema coi suoi soldati.

Il virus sembrava definitivamente sconfitto e tutto presagiva al ritorno alla normalità, alla vita pre pandemia; la bella notizia giunse dopo la metà dell'estate del 2020 quando fu annunciato che era stato creato un vaccino a tempo di record e che presto sarebbe stato messo sul mercato, a disposizione della popolazione.

Antonio e Daniela avevano saldato il loro rapporto ed erano diventati buoni amici; si vedevano regolarmente una sola volta a settimana, il lunedì, giorno in cui, per minore affluenza di clienti, la ragazza si concedeva 24 ore di libertà, lasciando che la gestione del locale restasse totalmente nelle mani dei suoi familiari. Il Colonnello, con mille peripezie, cercava di tenersi libero lo stesso giorno per condividere camminate alpine, alla scoperta di percorsi sperduti che li inoltrassero verso paradisi naturali inesplorati e respirare aria salubre. Non disprezzavano neanche qualche fuga sul litorale veneto.

A Settembre, in occasione del termine della stagione estiva, Antonio propose a Daniela di andare con lui in Puglia: si sarebbero fermati qualche giorno alle Tremiti, prima di proseguire verso la sua terra natia. La ragazza accettò più che volentieri, visto che non aveva prima d'allora visitato l'arcipelago dell'Adriatico, nonostante ne avesse sentito parlare bene.

"Il treno regionale 16533, per Padova, è in partenza dal binario 2", annunciò con voce robotica l'altoparlante della stazione.

"Presto o perderemo il treno!" Sollecitò Antonio, non appena ebbero imbucato il sottopassaggio.

"Sei sicuro che troveremo il sole al Sud?" Domandò dubbiosa Daniela, affrettandosi ad entrare nel convoglio sotto un furioso acquazzone di fine estate e una temperatura che superava di poco i dieci gradi.

Lui rise a quella che reputò un'insinuazione, mentre si affrettò a disquisire con decisione: "La bella stagione, al Sud, dura solitamente fino a metà ottobre, anche se negli ultimi anni, a causa del riscaldamento globale può arrivare fino agli inizi di Novembre. Abbi fiducia".

Lei regalò uno sguardo di scetticismo guardando il cielo plumbeo fuori dal finestrino, poi batté un cinque d'intesa confidando nelle sue parole.

Lo Swing si avviò, con andatura dolce ma decisa, dalla

stazione alpina e dopo aver percorso la Val Belluna seguendo una linea panoramica vecchia e tortuosa che costeggiava il Piave, sbucò nella Val Padana all'altezza di Montebelluna. Di lì proseguì per Padova dove, nel primo pomeriggio poterono prendere il Frecciabianca che li avrebbe portati a Termoli. Si sarebbero imbarcati in un aliscafo che li avrebbe condotti alle Isole Tremiti.

"Presto salite, stiamo per partire!" L'addetto sul pontile, invitò i passeggeri a prender posto all'interno dell'imbarcazione per l'ultima corsa giornaliera.

"Arriviamo!" Gridò Daniela, sollevando le mani per farsi notare, dal ticket office situato sulla banchina del porto.

"Corri, corri!" Antonio sollecitò la compagna di viaggio.

"Oggi tutto di fretta, ma dovrebbe essere una vacanza". Sghignazzò divertita, senza polemizzare, perché motivata dalle strette coincidenze.

Gli ultimi attimi concitati, avevano imperlato di sudore la fronte dei due viaggiatori che tamponarono le gocce con un fazzoletto.

"Che caldo fa qua dentro". Lamentò lei, mentre cercava di rinfrescarsi muovendo un depliant illustrativo della zona, trovato all'ingresso, come fosse un ventaglio.

“Perché non usciamo a godere della fresca e salutare aria di mare?" Suggerì Antonio per scampare all'afosa calura della cabina.

Lei annuì e lo seguì, lasciando le valigie stipate in un angolo.

“Qui la temperatura è ancora estiva, avevi ragione”, constatò soddisfatta Daniela sul pontile, godendo del tiepido vento misto a salsedine che gli spettinava i lunghi capelli biondi.

“Seguimi, andiamo a prua”. Una strana idea balenò nella mente del Colonnello.

“Dove vuoi andare? Sarà pericoloso!” Dubitò, avvertendo intensi vuoti allo stomaco dovuti alle oscillazioni del mezzo nautico cavalcante le onde.

Antonio le prese la mano per persuaderla e, superando una flebile riserva iniziale da parte di lei, raggiunsero a piccoli passi l'estremità anteriore aggrappandosi al corrimano in equilibrio precario.

“Adesso chiudi gli occhi e allarga le mani. Ti terrò io”. Le propose non appena raggiunsero la punta.

“Cosa? Non ho capito”, urlò, per avere la meglio sul fruscio del vento e il fragore del mare trafitto dalla nave.

Antonio mimò le sue intenzioni.

“Sei matto?” Esclamò retrocedendo di qualche centimetro.

“L'ho visto fare in un film un po' di anni fa”. Gridò anch'egli per sopraffare il rumore.

“Lo conosco anche io il film Titanic, ma finì davvero male”. Rise.

“Ma non cascarono in mare in quell'occasione!” Sdrammatizzò lui.

Lei lo osservò titubante, accennò timidamente di mollare la presa, poi cedette ancora una volta alla sua insistenza: “Ok, ma solo per alcuni secondi. Non riesco a fidarmi troppo con queste oscillazioni”.

Chiuse gli occhi, mentre lui le cinse i fianchi, e godette della sensazione di libertà abbozzando un labiale “sto volando”, interrotto da un gavettone fuori programma che li investì, atterrandoli sul pavimento bianco smaltato.

“Ecco, lo sapevo sarebbe accaduto qualcosa”, ironizzò Daniela tossendo perché l'acqua salata ne aveva ostruito le narici.

“Sono desolato”, si rammaricò lui, strizzandosi la camicia intrisa.

“Ehi voi? Tutto bene?” Un marinaio che era appena uscito dalla stiva, si avvicinò a loro, avendo intuito l'accaduto.

“Sì grazie, non è niente”, rigettò l'aiuto lei.

“Mi spiace”. Si rammaricò Antonio.

“Dai, non fare così. Apprezzo il tuo pensiero”. Si rivolse al Colonnello, rimasto seduto desolato per terra.

“Sarebbe stata una trovata romantica”, si schermì lui allargando le braccia.

“Caro”. Lei si chinò, gli accarezzò uno zigomo e gli passò la mano fra i capelli inzuppati d'acqua salata.

Lui le guardò le sottili labbra, passò una mano dietro la nuca e cercò di avvicinarla a sé.

Il collo rilassato di Daniela permise alla sua testa di approssimarsi di qualche centimetro, poi si irrigidì: “No Antonio, siamo solo amici!”

Lui spalancò gli occhi, rimanendo basito da quell'inatteso rifiuto, tutto aveva lasciato propendere a un lieto finale.

“Ho da poco interrotto un rapporto burrascoso. Cerca di capire, non mi sento pronta”. Si giustificò, avvinghiandogli le mani.

“Scusami, non dovevo”. Guardò deluso verso il pavimento.

“Sei una brava persona e un ottimo amico”. Lo abbracciò.

Lui contraccambiò il gesto, pur avvertendo il bruciore della sconfitta. Non era solo una questione d'orgoglio per il rifiuto: la sensazione di un nodo alla gola e una forte delusione che faceva fatica a domare.

Giunsero nell'isola di San Domino, dopo circa 40 minuti, dove dimorarono in un hotel. Trascorsero due giorni nell'incantevole arcipelago visitando le cale naturali, apprezzando la vegetazione, godendo dello spettacolare mare di fine estate e deliziandosi coi piatti della squisita cucina pugliese. Nei giorni a venire, visitarono la storica isola di San Nicola col suo castello, la chiesa, le vie pavimentate artigianalmente e i panorami mozzafiato fatte di millenni di lavorazione manuale.

Proseguirono, infine, verso il Sud della Puglia per far tappa a Molfetta, città d'origine del Colonnello.

"Mamma?" Annunciò il suo arrivo, non appena ebbe varcato la porta.

"Antonio!" Esclamò la donna, colta ancora una volta di sorpresa. Si precipitò immediatamente verso di lui all'ingresso, per abbracciarlo, quando notò che non era da solo.

"Ti presento Daniela". Si spostò perché la nascondeva col suo corpo.

"Piacere". Porse la mano Teresa.

“Felice di conoscerla”. Contraccambiò la ragazza, restando sorpresa nello scoprire il palmo imbiancato mentre lo ritrasse.

“Scusa, stavo preparando della focaccia”, si giustificò la padrona di casa, imbarazzata per averle stretto la mano istintivamente senza essersi accertata di averla pulita.

“Scommetto che stava preparando qualcosa di buono!” Sdrammatizzò elegantemente l'ospite.

“Chi è?” Sbucò Angelica con voce stridula.

“Nonna!” Pronunciò Antonio.

L'anziana donna scrutò l'ospite, aggrottando le palpebre per metterla a fuoco. “Hai trovato la fidanzata?” Trasse una conclusione che le sembrò logica.

La spontaneità della domanda mise i due ragazzi in una condizione di soggezione, sotto gli occhi incuriositi di Teresa intenta a scoprire l'arcano.

“No, siamo solo amici”, si affrettò a precisare la ragazza.

“Sì, solo amici”. Confermò lui, senza entusiasmo.

“Daniela, fa' come se fossi a casa tua”. Accese le luci dell'ingresso, la padrona di casa, dirigendosi in fondo al corridoio verso una porta che spalancò. “Puoi dormire qui, nella camera da letto”.

“Non serve, davvero. Non ho voglia di disturbare. Mi

arrangerò anche su un divano". Sollevò una mano per ringraziarla.

"I divani li usiamo per guardare la tv. Vieni ti mostro la casa". La invitò a seguirla, Teresa.

Daniela guardò interdetta Antonio, che le fece cenno di assecondare l'offerta.

"Davvero buona questa focaccia", apprezzò poco più tardi la delizia culinaria Daniela, mentre ne tastava la consistenza croccante sgretolarsi fra i suoi molari, insaporita da pomodori e olive.

"Dovresti assaggiare anche i panzerotti e il Calzone", ribatté con orgoglio la donna.

"Finirei per ingrassare con tutte queste bontà", commentò ironica la calaltina.

"Noi non ingrassiamo al Sud", obiettò Angelica con diffidenza.

"Nonna, oggi i canoni di bellezza sono mutati: le ragazze ci tengono maggiormente alla linea", spiegò Antonio allungando una mano che andò a poggiarsi dolcemente su quella dell'anziana.

"La donna deve avere le forme e deve saper cucinare".

Puntualizzò, svincolando la mano dalla morsa affettuosa del nipote, per gesticolare.

"Per saper cucinare, ho un ristorante", disquisì serafica, tamponandosi il labbro inumidito dall'olio.

"Davvero? Vi hanno fatto trascorrere tempi duri in questi mesi". Mostrò comprensione Teresa, biasimando le scelte politiche.

"Sembra finita per fortuna", accennò Antonio.

"I vaccini". Indicò Angelica euforicamente puntando l'indice verso il televisore acceso, ma lasciato muto. Le immagini mostravano fiale, siringhe e sottotitoli che lasciavano ben sperare.

Nel pomeriggio si recarono nei pressi del porto, dove solevano incontrarsi i suoi amici per il caffè pomeridiano, prima della ripresa delle attività.

"Antonio, che sorpresa!" Sergio riconobbe per primo l'amico non appena ebbe varcato l'ingresso.

"Ciao ragazzi!" Si avvicinarono al loro tavolo. "Vi presento Daniela".

"Una bellezza tedesca!" Apprezzò Ciccio, decifrandone i caratteri somatici.

"Macché, non provengo dalla Germania!" Smentì, lasciando un po'di suspense.

"Ci sei andato vicino", intervenne Antonio. "In realtà è la ragazza veneta di cui ti avevo parlato!"

"Con queste belle fattezze?" La adulò il geometra, scrutandola dalla testa ai piedi.

"Sedetevi e gustatevi con noi un buon caffè!" Invitò Sergio.

"Mah, voi non lavorate a quest'ora?" Guardò l'orario basita: erano le sedici e cinquanta.

I ragazzi sorrisero divertiti.

"Siesta!" Commentò ancora Sergio.

"Ovvero?" Aggrottò la fronte.

"La controra, la pausa pomeridiana, il riposo post pranzo. Qui le attività chiudono alle tredici e riaprono alle diciassette". Spiegò Antonio.

"E chiudono alle venti e trenta o alle ventuno", intervenne il cameriere giunto al tavolo per raccogliere le ordinazioni.

"Noi alle 19:30, tassativamente chiudiamo le attività". Precisò ancora Daniela.

"E così hai una nuova ragazza!" Una voce femminile si intromise.

Antonio e gli altri si voltarono per capire chi fosse.

“Giulia!” Pronunciò il Colonnello colto di sorpresa dalla sua presenza.

“Vergognati!” Accusò la neo arrivata.

“Ma di cosa?” Andò sulle difensive l'accusato.

“Mi hai mandata via come non valessi niente. Ero venuta fino a Belluno per te!” Rinfacciò con rabbia.

Daniela osservò la scena interdetta poi, realizzando che stesse fraintendendo, trovò il coraggio di intervenire: “Guarda che siamo solo amici!”

“Zitta tu. Da dove vieni?” Con spregio ne riconobbe l'accento settentrionale.

“Da un posto dove si ascolta la gente prima di accusarla!” Ne confutò i modi aggressivi.

Giulia si avvicinò minacciosa, mentre Daniela non indietreggiò nemmeno di un centimetro, anzi, si alzò in piedi per affrontarla.

“Ferme!” Si intromise Ciccio. “Tu non sei stata mai onesta con lui, non lo meriti!”

“Dovresti vergognarti, approfittatrice e opportunista!” rincarò Sergio.

“Giulia, per favore smettila!” Il proprietario del bar, amico dell'intrusa, la invitò a cessare le polemiche avvicinandosi al tavolo.

La ragazza lanciò uno sguardo amareggiato al conoscente, sbuffò e uscì a passo levato, sotto lo sguardo sollevato degli astanti.

"Ma perché non avete detto apertamente che state insieme?" Domandò Ciccio.

"Perché siamo solo amici", replicò ancora Daniela. "Essere qui insieme non significa che sia la sua ragazza. Antonio è una persona squisita e dai modi gentili, ma tra lui e me non c'è assolutamente niente".

I due amici guardarono Antonio che, suo malgrado, confermò col cenno del capo.

CAPITOLO XI

L'amara scoperta

Inaspettatamente, a inizio Ottobre 2020, i malati di Covid ritornarono ad aumentare in modo esponenziale, col rischio di riportare in poco tempo la situazione fuori controllo e mettere nuovamente sotto pressione il Sistema Sanitario Nazionale.

I medici di corsia, gli infermieri eroi, le rigide raccomandazioni e le precauzioni adottate non furono sufficienti a domare la nascita di nuovi focolai; l'opinione pubblica era turbata dall'impennata dei ricoveri e dal numero crescente dei morti. Le stanze del potere erano in subbuglio; l'Esecutivo convocò il Comitato Tecnico Scientifico per decidere congiuntamente quali nuove misure di sicurezza adottare. Era stato proposto di istituire un sistema regionale colorato in base ad indici di contagiosità e alla disponibilità di posti letto in terapia intensiva: tre gradi di saturazione a cui sarebbero corrisposti coprifuoco parziali o totali, nonchè aperture o chiusura di bar, ristoranti, palestre e attività di svago; un occhio di riguardo sarebbe stato riservato alle attività produttive primarie.

"Colonnello, è arrivata una comunicazione da Roma". Il Capitano si recò celermente dal suo diretto superiore, cedendogli un'informazione sigillata con apostilla e ad alta priorità.

Quest'ultimo la afferrò, tralasciando di scrivere un rapporto informativo sull'enorme registro di giornata poggiato sulla sua scrivania. "Oddio!" Esclamò non appena ne ebbe colto il contenuto.

Michele lo guardò in cerca di una spiegazione confidenziale.

"Brutte notizie..." Commentò Antonio laconicamente. Tamburellò pensieroso sul legno del piano scrittura, poi, dopo averci ragionato su, bofonchiò: "Devo fare un salto a Cortina".

"Cosa è accaduto?" Socchiuse d'iniziativa la porta dell'ufficio del suo superiore per evitare che orecchie indiscrete potessero ascoltare.

"Ti spiegherò più tardi". Ripiegò la missiva e la reinserì

nella busta.

"Vuoi che venga con te?" Lo fissò, ricevendo un'occhiata di consenso.

Uscirono celermente dalla Caserma per recarsi all'Araba Fenice.

"Tutte le volte che andiamo a Calalzo succede sempre qualcosa", lamentò Antonio inserendo il documento nel taschino interno alla sua giacca.

"Lassù… mi sembra di rivivere lo stesso incubo". Si lasciò sfuggire un particolare ignoto, Michele.

Il suo superiore si voltò a fissarlo e con voce empatica lo spronò: "Forse dovresti raccontarmi qualcosa di cui non sono ancora al corrente".

Anni prima, il campano, ripresosi dalla sbronza del Sabato sera al pub, aveva contattato Lucia per ringraziarla e invitarla a uscire. L'incontro si era rivelato costruttivo e tra loro era nata una singolare storia d'amore: lei si era innamorata di quel ragazzo simpatico, semplice, genuino e dal cuore immenso, mentre lui dell'allegria, dell'altruismo e del senso di responsabilità contrapposto a un pizzico di follia. Dopo un periodo di frequentazione saltuaria, fatta di incontri nel fine settimana, avevano deciso di prendere le cose sul serio e andare a convivere: avevano preso in affitto una villetta ad Agordo, un grazioso paesino in provincia, con l'obiettivo di metter su famiglia. Il primo Maggio del 2006, in una splendida giornata dal sapore estivo, avevano deciso di fare un'escursione al Lago di Cadore. Data la calura, si erano tuffati nelle acque gelide del bacino in cerca di refrigerio. Lui le aveva chiesto di non allontanarsi molto dalla riva, perché non conosceva la mappatura, mentre lei come al solito lo aveva sfidato: nuotare fino all'altra sponda. La ragazza aveva pagato a caro prezzo l'imprudenza, inghiottita da un mulino che l'aveva risucchiata negli abissi. Il suo corpo non fu mai più ritrovato nonostante l'avessero cercata ininterrottamente per oltre un mese. Michele non aveva demorso: sperava che il Lago un giorno gli avrebbe restituito il corpo della sua amata.

"Incredibile!" Restò a bocca aperta il Colonnello ascoltando la macabra storia della scomparsa.

"È ancora qui, lo sento. Solo l'amore e il rispetto per questa terra mi daranno pace!" La sua voce si fece tremula e gli occhi luccicanti.

"Siamo arrivati!" Colse l'occasione per troncare quel triste racconto Antonio, fermandosi davanti all'insegna 'Araba Fenice'.

Il locale contava solo una decina di clienti, essendo l'inizio serata di un giovedì sera dal sapore invernale; la temperatura era calata in modo vertiginoso per via della pioggia caduta incessantemente durante la giornata e la neve aveva già fatto la sua comparsa alle medie altitudini.

Antonio aprì la porta d'ingresso del ristorante, entrò di qualche passo e scrutò attorno per vedere se ci fosse Daniela a servire ai tavoli.

"Colonnello, potete accomodarvi lì in fondo se volete". Propose loro Filippo, il cameriere stagionale siciliano, intuendo fossero alla ricerca di un posto. Capelli scuri ricci, occhi neri e carnagione meticcia, aveva caratteri somatici molto simili a un cittadino nordafricano. Si era guadagnato il soprannome di 'indiano', per via del carattere silenzioso e l'abilità di estraniarsi senza rivelare mai ciò di cui era a conoscenza.

"Non siamo qui per cenare", rispose Antonio un po' stizzito. "Sai dirmi dov'è Daniela?"

Il ragazzo fece finta di non sentire, come al suo solito, si recò a un tavolo vicino per sparecchiare un piatto fondo contenente un ciuffo arrotolato di bigoli al ragù d'anatra, lasciato da un cliente appena andato via.

"Perchè non rispondi a una domanda così semplice? È successo qualcosa?" Sbarrò la strada al ragazzo, in cerca di una spiegazione.

"No, niente". Lo dribblò abilmente per proseguire col suo lavoro.

"E allora perché non vuoi dirmelo?" Gli urlò dietro.

"Era qui fino a poco fa". Scrollò le spalle, arrestandosi all'ingresso dell'office.

"E dov'è andata? Abbiamo bisogno di parlarle". Sollecitò ancora Antonio.

"Forse sarà in cucina". Indicò la direzione col dito sbucato sotto il tovagliolo bianco, poggiato sull'altro avambraccio.

Il Colonnello si diresse nel posto indicato, sotto l'espressione neutrale di Filippo.

"Dove va?" Intercettò l'uomo la sorella minore, Flavia, appostata nei pressi della porta girevole che separava la cucina dalla sala clienti.

"Cerco Daniela", spiegò gesticolando.

"Non è mica in cucina!" Allargò le braccia.

"Ma dove si trova?" Perse la pazienza scrutando dubbioso

tutt'attorno.

La ragazza fissò silenziosamente una finestra.

I due guardarono nella stessa direzione: una sagoma in penombra si stagliava contro il vetro.

"È lì fuori!". Confermò con voce arrendevole.

Uscirono dal ristorante celermente e girarono l'angolo per vedere cosa stesse facendo.

"Daniela!" Chiamò istintivamente la sua amica, non appena ne udì distintamente la voce, ma avvicinandosi e mettendola a fuoco, notò suo malgrado che non era sola: era avvinghiata appassionatamente a un ragazzo in una situazione inequivocabilmente intima.

Lei si alzò imbarazzata, lasciando intravedere l'amante: era Carlo, il suo ex.

Il viso di Antonio si contrasse palesemente in una smorfia di disappunto; non fu in grado di nascondere la delusione, ma riuscì comunque a trovare il coraggio di comunicarle ciò che aveva da dirle.

"Sono qui per avvisarti che ci sarà un nuovo lockdown!" La sua bocca si riempì di bava che ingurgitò silenziosamente.

"Cosa? Non ho capito cosa intendi dire". Si avvicinò per comprendere meglio.

"Ci è arrivata una comunicazione in anteprima dai vertici militari. Avevo bisogno di dirtelo di persona. Le telefonate sono registrate e non ci devono essere fuga di notizie perché si temono rivolte". Tirò fuori dalla tasca interna la lettera, mentre tremava dalla rabbia.

"Ne sei proprio certo? Non è uno scherzo?" Stentò a crederci sgranando gli occhi.

"Purtroppo è sicuro. Spero solo tu non abbia fatto incetta di provviste dato l'approssimarsi delle festività natalizie!"

"Sì purtroppo, a inizio settimana. Domani dovrebbe già arrivare il carico della merce".

Il Colonnello si grattò la tempia innervosito. Voleva solo andar via da quel posto, scomparire. I suoi buoni propositi lo stavano lacerando.

"Fino a quando durerà?" Cercò un'ulteriore informazione ignorando lo stato d'animo del suo amico.

"Vociferano di un allentamento a Natale, se i dati dovessero consentirlo, ma dubito fortemente". Si voltò, preso dalla voglia di dileguarsi.

"Potrei comunque conservare le derrate. Grazie Antonio". Gli regalò un abbraccio che sembrò compassionevole, mentre lui rimase interdetto, in una sensazione straziante.

Il Capitano osservava la scena contrariato, mentre Carlo si alzò indifferente dalla scalinata e raggiunse Daniela senza alcuna reazione spropositata. La cinse da dietro in un abbraccio di possesso, la baciò sul collo, regalando uno sguardo di sfida e umiliazione a quell'uomo che tanto si era prodigato per avvisare la sua amica.

"Buona fortuna!" Si congedò in un saluto ambiguo che sapeva di addio.

"Gli avrei spaccato la faccia a quel deficiente". Il Capitano ruppe il silenzio rimuginante nel quale si era rifugiato Antonio, mentre facevano ritorno in caserma.

Questi continuò a guardare avanti e guidare senza rispondere.

"Colonnello?" Lo richiamò all'attenzione scherzosamente.

"Cosa c'è?" Gli rispose seccato, ridestandosi dal rimuginio.

"Non ti ha innervosito la situazione?"

"Credo sia libera di scegliere con chi frequentarsi". Tentò di mascherare la rabbia.

"Suvvia, sii sincero". Lo fissò in cerca di una confessione amichevole.

"Capitolo chiuso per quanto mi riguarda. Ha scelto di

proseguire col suo passato". Affossò rabbioso i suoi polpastrelli nella gomma del volante.

CAPITOLO XII

Il ritorno di fiamma

Le misure restrittive, varate a inizio Novembre, riportarono la società italiana indietro nell'incubo primaverile. Fu emanato un DPCM che prevedeva limitazioni alla vita normale, via via più stringenti, passando dalle zone gialle a quelle arancioni, fino alle rosse che di fatto attuavano un vero e proprio lockdown; apposite deroghe tolleravano maggior libertà di movimento rispetto al primo, per alcune categorie ritenute di prima necessità.

Il Veneto fu risparmiato dalla zona rossa, nel primo periodo, grazie a un discreto apparato sanitario e alla disponibilità di posti letto in terapia intensiva che le permisero di beneficiare dei vantaggi della zona gialla.

"Qual è il programma odierno, Colonnello?" Chiese il Capitano, quella mattina di inizio dicembre.

"Andiamo a dar supporto a un posto di blocco dei Carabinieri sulla SS51 che collega Belluno a Conegliano". Puntò la bacchetta sulla cartina geografica alle sue spalle, seguendo il percorso stradale fino ad arrestarsi nel punto esatto.

"Porto due Sergenti con noi?" Propose.

"Basteranno due Caporal Maggiore".

"Chiederò su base volontaria". Afferrò il foglio di truppa per valutare le risorse disponibili.

"Forse dovresti programmare una rotazione. Tutti hanno voglia di uscire". Suggerì il Comandante.

La squadra formatasi partì, di lì a poco, alla volta del luogo da pattugliare.

Impiegarono circa mezz'ora, fino a quando intravidero una Punto coi lampeggianti blu accesi e alcune persone ammassate che parlavano in modo concitato: erano due Carabinieri alle prese con un cittadino sottoposto a controllo. La verifica di routine era degenerata in un diverbio.

"È ingiusto quello che fate!" Ripeté più volte l'uomo, visibilmente alterato a causa delle obiezioni che i Pubblici Ufficiali gli avevano sollevato.

Era della Lombardia, regione in zona rossa perché fra le più vessate dalla pandemia. Aveva all'incirca cinquant'anni, indossava una salopette blu alla moda, in voga fra i più giovani e non particolarmente adatta per il lavoro dichiarato; calzava anfibi all'apparenza antinfortunistici. La sua capigliatura particolarmente curata e la barba disegnata avevano ulteriormente generato sospetti nei militari dell'arma, più avvezzi a persone normalmente trasandate, dato i divieti in atto.

"Cosa ci fa da queste parti?" Domandò per l'ennesima volta il Tenente dei Carabinieri.

"Lavoro per un'azienda tessile della zona. Sono un rappresentante", dichiarò, mostrando uno scorcio di un biglietto di visita inserito nel portacarte tascabile.

"Può mostrarmelo?" Allungò la mano per farselo consegnare.

L'uomo rimase dapprima in silenzio, poi esplose dalla rabbia dicendo: "Non avete nessun diritto di limitare la mia libertà!" Gesticolò vistosamente, diventando paonazzo.

"C'è un DPCM che parla chiaro", asserì il Pubblico Ufficiale. "Lei viaggia in una Porsche ultimo modello e non ha propriamente l'aspetto di un lavoratore".

"Un DPCM non può contenere limitazioni di carattere restrittivo. È illegittimo!" Opinò, palesandosi mendace.

"Sarò costretto a elevarle una multa". Minacciò afferrando il blocchetto delle contravvenzioni.

"Quel Carabiniere lo conosco", disse sottovoce Antonio al suo Capitano, il quale lo osservò con stupore intento a capire chi fosse.

"Già, proprio lui", confermò annuendo e fissandolo in modo disgustato.

"Ci sono! È colui che ti aveva scoperto in compagnia di Daniela sul lago, segnalando la tua presenza indebita al Comando". Intuì.

"Intransigente come allora". Poggiò una mano di sconforto sulla fronte.

"Purtroppo oggi ci toccherà lavorare con lui". Fece alcuni passi in avanti il Capitano, assumendo l'iniziativa.

"Non ne bastavano due? Neanche ai mafiosi riservate un trattamento così duro". Si irritò l'uomo sotto controllo, alla vista dei militari in mimetica.

"Parli con me!" Ordinò il Tenente dei Carabinieri, richiamando ancora la sua attenzione.

L'uomo estrasse un telefonino, con cui cominciò a registrare una diretta Facebook, minacciando apertamente al Pubblico Ufficiale di diffondere in Internet ciò che, a suo dire, costituiva un abuso: "Prima o poi il vento cambierà e pagherete i vostri soprusi!"

"Le eleverò il massimo consentito". Afferrò la penna e si mise in cerca dell'articolo da contestare sul manuale delle sanzioni.

"Non pensi mica che lo firmerò. Ostentò intransigenza ironizzando.

"Faccia come crede", affermò con decisione il Carabiniere.

"E farò ricorso, come tutte le contestazioni ricevute finora". Rise con superbia.

Il Tenente compilò il modulo e ne consegnò una copia all'uomo che, con un gesto di stizza, si mise alla guida della sua roboante auto e si dileguò.

"La gente non capisce la gravità della situazione". Cercò consenso il Carabiniere, voltandosi verso i nuovi arrivati.

"Già, tuttavia la gente è esausta", Moderò compiacimento il Capitano, mostrandosi magnanimo.

"Noi dovremmo fare in modo che la gente rispetti le leggi, ma al contempo essere garanti della Costituzione". Commentò ambiguamente il Colonnello, celando il disappunto che provava nel lavorare fianco a fianco a una persona così invisa.

"Chiaro". Troncò ogni ulteriore polemica, l'appuntato, resosi anch'egli conto del già noto Colonnello.

Il pattugliamento proseguì con altri fermi: i Carabinieri censirono a campione le macchine circolanti, mentre i militari supportavano il loro operato brandendo fra le mani fucili che avevano solo una funzione simbolica e deterrente.

Emergeva un disappunto crescente fra la popolazione e le forze dell'ordine: i cittadini fermati, sembravano aver meno riverenza del solito verso questi ultimi, palesando al contempo meno timore per il Virus, percepito più che altro come malattia normale con cui convivere.

Dopo lunghe discussioni con gli automobilisti sottoposti a controllo e in seguito a diverse multe elevate per mancata osservanza delle limitazioni, i quattro ritornarono in Caserma sul far della sera.

"Dovremmo mantenere un atteggiamento più tollerante. C'è gente che sta fallendo". Si passò una mano sul capo sudato il Capitano, sollevando il basco.

"Imprenditori che stanno perdendo tutto senza ricevere il giusto sostegno. Parlano di ristori, ma forniscono una miseria", commentò Antonio, mostrando un articolo di giornale che confutava l'operato del Governo.

"In effetti, i rimborsi non coprono neanche le spese d'affitto". Diede una sbirciatina veloce Michele.

Con la Jeep attraversarono il centro abitato deserto di Belluno, finché giunsero finalmente in caserma.

"Guarda che carina quella". Notò il Capitano osservando la silhouette di una ragazza di spalle nei pressi della porta carraia.

"Sarà la fidanzata di qualche recluta. Tra un po' ci sarà la libera uscita", dedusse Antonio.

"Quanto vorrei avere vent'anni!" Affermò malinconico il Capitano.

Antonio non levò gli occhi di dosso alla visitatrice, finché notò una certa somiglianza a una persona già conosciuta. "Ma quella è..."

"Già, è Daniela", confermò il suo sottoposto a disagio per gli apprezzamenti che si era lasciato sfuggire precedentemente.

Il Colonnello arrestò istintivamente il mezzo a cinquanta metri dalla ragazza, nel bel mezzo di un incrocio, scatenando i clacson di protesta delle auto incolonnate.

"Antonio, dobbiamo proseguire", suggerì il Capitano, voltandosi all'indietro e sollevando un pollice d'intesa alla volta dei conducenti alterati.

Daniela, richiamata anch'essa dallo strombazzare dei mezzi, riconobbe la Jeep militare e notò il suo amico alla guida; gli sorrise e sollevò la mano per salutarlo. Inaspettatamente l'auto sopraggiunse senza fermarsi, si arrestò dinanzi al cancello blindato della caserma, in attesa che si aprisse.

"Antonio!" Bussò la ragazza al finestrino dell'auto, dopo averla raggiunta.

Il guidatore la ignorò volutamente.

"Ho bisogno di parlarti". Accentuò la forza con cui batté ripetutamente le nocche sul vetro, poi fissò il Capitano in cerca di complicità.

Questi scrollò le spalle, allargando le braccia; un modo per comunicarle visivamente che ce l'avesse con lei e non fosse il caso di insistere.

I bracci oleodinamici spalancarono le porte del cancello e l'auto sfilò all'interno, lasciando Daniela freddata.

"Antonio, non volevi proprio ascoltare quello che aveva da dirti?" Gli parlò a bassa voce temendo si irritasse.

Dal volto del Colonnello non traspariva emozione: spense il motore dell'auto, scese silenzioso ma scattante dal mezzo, sbatté la portella e si allontanò celermente.

Il Capitano lo osservò mentre saliva a passi lunghi le scale della compagnia. Si voltò immediatamente verso la porta carraia, ordinando all'addetto: "Caporale, apra subito il cancello!"

Uscì dalla Caserma, guardò a destra e sinistra, ma la ragazza sembrava essere scomparsa. Cercò di individuarla da lontano inutilmente. Si arrese e decise di rientrare, quando l'accensione del motore di un'auto diesel richiamò la sua attenzione. "Daniela", gridò, sollevando le mani per farsi notare mentre correva verso di lei.

La ragazza non sentì a causa dell'autoradio acceso. Dopo aver retrocesso per alcuni metri, uscì dal parcheggio a spina di pesce, innestò la prima e si avviò per rientrare a Calalzo, mentre il Capitano la rincorse cercando, invano, di richiamarla. La scena suscitò l'attenzione divertita di una comitiva di adolescenti seduti, in modo esuberante, sulle panchine del parco.

Il semaforo, cinquanta metri più avanti, diventò fortunatamente rosso, così, con un allungo da maratoneta riuscì a raggiungere l'auto proprio nel momento in cui la luce ridiventò verde. "Daniela!" Urlò, battendo con le mani sul lunotto posteriore,

La ragazza si spaventò e inchiodò temendo fosse stata

tamponata.

"Michele!" Lo riconobbe guardando nel retrovisore.

"Aspetta", sussurrò boccheggiando per lo sforzo.

"Entra". Lo invitò a salire, aprendo la maniglia della portella dall'interno.

Il Capitano si accomodò affannato.

"Sei sudato, tieni". Gli porse una salviettina umidificata estratta dal baule.

"Grazie". Si passò il fazzoletto sulla fronte. "Vorrei parlare con te. Più avanti, sulla destra, c'è un bar aperto col plateatico". Indicò.

Dopo aver parcheggiato l'auto in uno spazio adiacente, presero posto nella caffetteria.

"Perché sei venuta a Belluno?" Esordì con le domande per conoscere i motivi della sua ricomparsa.

"Per Antonio".

"Ma perché non lo lasci perdere se hai già il tuo ragazzo?" Si grattò la tempia.

"Sono confusa", rispose guardando per terra.

"Su cosa?" Abbassò la testa anch'egli per intercettare il suo sguardo.

"Con Carlo, non funziona più! Ci abbiamo riprovato, ma

qualcosa si è rotto per sempre". Strappò sovrappensiero una bustina del dolcificante posto in un cesto a centro tavola, facendo cascare un po' di polverina sulla tovaglia.

"Credo non sarà facile tu possa riuscire a parlare con lui. Lo hai ferito e mi è sembrato determinato nell'evitarti". Contrasse le labbra mostrando disappunto.

"Ma non gli ho fatto niente di male!" Le luccicarono gli occhi.

"Hai ferito il suo orgoglio quando ti ha rivisto abbracciata al tuo ex". La sua voce si fece dura.

"Avevo messo in chiaro le cose". Si irritò perché non compresa.

"Avete condiviso piacevoli momenti assieme: credo tu fossi più di un'amica per lui".

"Abbiamo trascorso una bella vacanza in Puglia e qualche escursione durante la scorsa estate, tutto qui. Non c'è stato niente fra noi che potesse lasciargli fraintendere e non ho provato altro che una piacevole sensazione in sua compagnia".

"E allora perché lo cerchi adesso?"

"Perché ho avvertito la sua mancanza in questo periodo. Non sentirlo mi ha creato un vuoto". Si chinò a prendere il burrocacao dalla borsa dato che le sue labbra erano secche e screpolate.

"Cosa vogliono i signori?" Giunse la barista, coperta da una mascherina riportante il logo del bar.

"Io vorrei un espresso e lei..." La guardò per lasciarle la parola.

"Io vorrei un succo di frutta all'albicocca, grazie".

L'astuccio del burrocacao rotolò sul tavolo e cascò per terra; si chinò per raccoglierlo lasciando che i suoi capelli si spostassero sui lati.

"Cos'è quello?" Notò una macchia sul collo.

"Niente", si affrettò a coprirla.

Il Capitano allungò una mano per spostare il ciuffo. "È un livido! Come te lo sei procurato?" Una triste intuizione gli stava balenando nella testa.

Lei non rispose, sorseggiando nervosamente il caffè appena poggiato dalla cameriera sul tavolo.

"Scommetto che è stato lui, Carlo! Le persone non cambiano", sollevò ancora una volta la ciocca per osservarlo.

Lei, nonostante fosse un po' infastidita, gli prese la mano in modo dolce, ma deciso, per spostargliela ed evitare di mostrare quel livido frutto di violenza.

"Bravi!" Qualcuno sopraggiunto proprio in quel momento,

applaudiva ironicamente.

"Colonnello!" Si alzò di scatto il Capitano, allontanando la sua mano da quella di Daniela, stretta in un atteggiamento ambiguo.

"Continuate pure, ora mi tocca anche assistere a una tresca fra voi?" Opinò l'evidente gesto.

"Stavamo solo discutendo". Si giustificò Daniela.

"Nessun problema, tolgo il disturbo, così potete continuare senza di me".

"Antonio, non è come pensi", contestò Michele.

"Smettila! Farò in modo che tu venga trasferito". Minacciò voltandosi di spalle e andò via deciso.

CAPITOLO XIII

La festa clandestina

I rapporti fra Antonio e il Michele si erano raffreddati dopo i fatti del bar. Il Capitano aveva cercato in tutti i modi di aver un chiarimento col suo diretto superiore per spiegargli cosa fosse realmente accaduto fra lui e Daniela e dimostrare che si trattasse di un semplice fraintendimento. Questi aveva declinato ogni tentativo di delucidazione, esigendo che i rapporti si mantenessero a un livello formale, ovvero una rigida gerarchia militare.

Ne aveva persino chiesto il trasferimento presso un'altra caserma, ma il comando superiore aveva rimandato la richiesta perché oberato da impegni prioritari dettati dal Covid, quali attuazione dei coprifuoco, sostegno alla Sanità e soluzioni logistiche.

“Colonnello, è giunta una segnalazione anonima!” Comunicò un Sergente dotato di auricolare e cuffia dalla postazione di ascolto.

“Dica pure”, lo esortò.

“Un ristorante rimasto abusivamente aperto oltre le 18 nei pressi di Levego”. Mostrò l'appunto riportato sul registro delle comunicazioni.

“Ci penseranno i Carabinieri!” Accennò allontanandosi.

“Il Comando Centrale ha incaricato noi perché tutte le gazzelle sono già impegnate in altre operazioni. Sembra vi siano numerosi esercenti che non stanno rispettando le ordinanze”.

“Allora faremo un sopralluogo per verificare. Chi sono gli Ufficiali a disposizione?” Ritornò verso il Sergente per prendere visione dei dettagli.

“Il Tenente Lusito è reperibile, mentre il Capitano Maiello è di supporto da stamattina in un posto di blocco al confine col Trentino, come da lei ordinato”. Mostrò l'elenco alfabetico dei militari e le mansioni a cui erano stati assegnati.

Antonio sorrise sornione, guardando la foto di gruppo della truppa appesa ad un muro, quasi stesse godendo per quella infelice destinazione riservata a Michele.

"Qualcosa non va, Colonnello?" Rimase basito il Sergente nel vederlo sovrappensiero.

Antonio si ridestò e ordinò: "Chiami il Tenente e due Caporali di supporto, usciremo tra qualche minuto". Afferrò il suo impermeabile dall'attaccapanni e si diresse verso lo spaccio per bere qualcosa prima di partire.

Uscirono poco dopo dalla caserma, per recarsi nel posto indicato, a soli dieci minuti di macchina.

Il locale era decentrato, rispetto al piccolo centro abitato, ben nascosto fra gli alberi spogli delle foglie ormai cadute, visto l'approssimarsi del solstizio d'inverno.

Una ventina di macchine, sparse qua e là sui prati, presumevano la presenza di almeno una cinquantina di persone.

I quattro militari parcheggiarono il mezzo di traverso all'ingresso, ostruendo la principale via di fuga, poi si avvicinarono all'edificio calpestando con gli anfibi il pietrisco del vialetto; il rumore dei loro passi venne ben presto sopraffatto dalla musica assordante proveniente dall'interno del ristorante. Alla porta di accesso dell'edificio non c'era nessuno che sorvegliasse, così poterono entrare senza difficoltà, avventurandosi in una bolgia che ricordava i vecchi tempi pre-covid.

Il DJ si accorse immediatamente del loro ingresso, facendosi scappare una smorfia di disappunto, ma li ignorò volutamente.

Antonio si avvicinò a questi, mimetizzato dalle luci psichedeliche che ne rendevano difficile il suo riconoscimento da parte degli invitati.

"Spenga la musica", gridò invano all'intrattenitore, intento a mixare due brani dai suoni techno e muovendo orizzontalmente la mano. La sua voce era stata ovattata dalla mascherina, che ne rendeva impossibile decifrare persino il labiale.

"Non sento", fece notare l'uomo in modo sornione, ponendo entrambi gli indici all'ingresso delle cavità auricolari quasi a prenderlo in giro.

Antonio mosse con più enfasi le braccia per farsi comprendere, ricavandone una risata ironica.

Il Tenente notò il cavo che partiva dalla strumentazione e seguendolo arrivò fino alla presa del muro; osservò il suo superiore in cerca di un consenso e, dopo aver ottenuto il benestare, sfilò la spina. Un silenzio inatteso colse gli ospiti immersi nel divertimento; partirono fischi di dissenso alla volta del Disc Jockey che, per discolparsi, accese le luci rendendo palese l'intrusione inaspettata dei militari.

I ragazzi, una quarantina, si avvicinarono minacciosi ai quattro, facendoli retrocedere in un angolo. I due Caporali brandirono gelosamente i fucili, più per timori che venissero sottratti che per l'uso effettivo: erano considerati solo deterrenti e il loro uso, anche solo a scopo di minaccia, era vivamente sconsigliato. Conseguentemente, Antonio e il suo Tenente posero le mani sulle custodie delle pistole d'ordinanza appese alle cinture.

"Che volete!" Minacciò un ragazzo con un taglio singolare di barba e capelli: aveva lasciato metà viso folto, rasando a pelle l'altra.

"È vietato ciò che state facendo!" Ammonì deciso il Colonnello.

"Quasi un anno che ci tenete prigionieri", inveì una ragazza dai capelli tinti di blu.

"Dovete sgomberare!" Replicò.

"Altrimenti?" Sorrise il primo in un atteggiamento di sfida.

"Verrete denunciati!" Si intromise il Sergente.

Partì un susseguirsi di mugugni di dissenso, seguito da cori di protesta.

"Chiederemo il supporto dei Carabinieri!" Sollevò un walkie talkie per lasciare intendere che avesse la possibilità di stabilire un contatto celere con le forze dell'ordine.

"Io rimetto la musica". Si ribellò il Dj, reinserendo nel muro la spina sfilata.

"Ragazzi vi rendete conto di ciò che state facendo?" Esortò alla ragione Antonio.

"Che ci fate qui?" Sopraggiunse un uomo, probabilmente il proprietario del locale, richiamato dall'interruzione della musica. Aveva all'incirca sessant'anni e camminava in modo goffo per via del suo pancione.

"Dovete immediatamente sospendere la festa!" Si rivolse verso di lui il Colonnello.

"E chi mi rimborsa? Lei?" Scoppiò in una risata esasperata.

"Arriveranno i rimborsi, lo Stato lo ha garantito!" Assunse un atteggiamento serio e intransigente.

"Non mi hanno accreditato niente da quando è scoppiata la pandemia! Tra un po' dovrò fallire. Mangerò da voi in caserma?" Agitò le mani in aria.

"Deve aver fiducia nello Stato". Cercò ancora di sostenere la sua tesi.

Il proprietario si recò al bancone e raggruppò,

accartocciandole, alcune carte e le gettò ai piedi dei militari.

"Cosa sarebbero?" Le osservò il comandante.

"Bollette, tasse, contributi e avvisi di pignoramento". Specificò schifato.

"Vigliacchi! Infami! Vergognatevi!" Le voci di protesta si levarono dai giovani.

Il Tenente si chinò incuriosito per raccoglierne un paio. "105000€ di passività" Rivelò a voce alta, leggendo l'estratto conto bancario.

"Svelti andiamo, arriva la Polizia!" Qualcuno fece da sentinella notando i lampeggianti all'esterno.

"Via! Via!" I ragazzi si dileguarono, chi inoltrandosi nei bui boschi, chi prendendo la macchina e chi avventurandosi attraverso una strada sterrata.

"Li ho chiamati io", confessò il Tenente, nell'incredulità dei suoi colleghi.

"Bravo! Bravo!" Batté le mani il proprietario avvicinandosi minacciosamente all'Ufficiale.

"Fermo!" Gridò il Poliziotto accorso nel locale.

"L'uomo desistette, si recò in modo autorevole dietro il bancone del bar, cinse un bicchierino di cristallo e lo riempì di whisky. "Fate pure! Alla vostra salute e al vostro stipendio!"

Gli occhi pieni di disperazione e lacrime presero il posto della rabbia mentre ingurgitò il contenuto.

Antonio avvertì uno strano senso di colpa: il suo operato non sembrava in linea col senso di giustizia.

"Penseremo noi all'identificazione e regolarizzazione. Grazie per la collaborazione". Una poliziotta muscolosa e dall'apparente carattere inflessibile ringraziò formalmente i quattro.

"Questa festa non è un caso isolato!" Commentò il Tenente poco dopo in macchina.

"Ovvero?" Cercò una spiegazione.

"La gente sta reagendo! È esasperata!" Unì le mani come stesse pregando.

"Ma ci sono i soldi che lo Stato sta versando". Opinò Antonio.

"Colonnello, scusi se mi intrometto, ma ho due fratelli che hanno un bar a Crotone e non hanno ricevuto un bel niente!" Da dietro, uno dei due Caporali aveva confutato quanto sostenuto dal suo comandante.

Antonio si voltò per guardare il Caporale. "Continui pure", lo esortò.

"Da inizio pandemia hanno avuto solo briciole. Manca poco che finiscano sul lastrico". Il tono Calabrese ne amplificò il disappunto.

"Erano in regola con le fatturazioni?"

"Quasi su tutto. Solo piccole omissioni di introiti, nonostante si creda che al Sud le tasse non le paghi nessuno".

"Anche mio cugino ha avuto lo stesso problema, confermo". Ammise il Tenente.

Arrivati in Caserma un comunicato dal Comando Nazionale preannunciava una forte serrata in vista di un DPCM ancora più restrittivo per il Natale: tutta l'Italia sarebbe diventata rossa.

CAPITOLO XIV

La ritrovata amicizia

Il 18 Dicembre, fra il clamore generale e un po' di rassegnazione, fu emanato il tanto temuto DPCM: nei giorni di Natale, Santo Stefano e Capodanno l'Italia sarebbe diventata rossa. Il provvedimento mirava a limitare ogni spostamento non essenziale per impedire pericolosi assembramenti derivanti da cenoni o rimpatriate casalinghe. Nei restanti giorni, sarebbe rimasto in vigore un più tollerante arancione. Forte era la frustrazione di chi aveva dato credito alle famose parole autunnali: "Chiudiamo adesso per riaprire a Natale".

Alcuni settori stavano vivendo momenti particolarmente delicati. Quello turistico era agonizzante con la stagione invernale alle porte: tutti gli operatori della montagna e il suo indotto attendevano speranzosi segnali di ripresa. Le palestre, serrate già da parecchi mesi, auspicavano fossero autorizzate le riaperture. Il settore della ristorazione rischiava addirittura il collasso: in previsione della pausa natalizia, molti operatori del comparto avevano fatto incetta di provviste dai fornitori. Queste derrate sarebbero andate buttate fra l'indignazione e la rabbia di costoro.

Gli imprenditori avevano manifestato il loro dissenso rivolgendosi alle testate giornalistiche, in quanto avevano ritenuto di essere stati ingiustamente eletti come capri espiatori; i dati ospedalieri e i contagi non avevano mostrato segnali incoraggianti dopo le chiusure forzate. Avevano altresì ottenuto inutili parole di elogio per il comportamento tenuto, seguite paradossalmente da ulteriori raccomandazioni di pazienza. Il vaccino sarebbe arrivato a giorni lasciando finalmente intravedere, nel breve termine, la tanto agognata luce in fondo al tunnel.

Quella mattina del 24 Dicembre, Antonio, dopo essersi rasato e poco prima dell'alzabandiera, aveva notato qualcosa di insolito sul suo cellulare, la mancanza di un messaggio: la madre, giornalmente, le inviava un buongiorno, un fumetto inoltrato dal gruppo delle sue amiche, uno screenshot tratto dal web o qualche litania religiosa.

"Felice vigilia". Le aveva augurato lui, prendendo l'iniziativa, sicuro che gli avrebbe risposto in poco tempo.

Passata un'ora, dopo l'inno di Mameli e il caffè di inizio mattinata, aveva ripreso in mano il telefono notando, suo malgrado, la mancata risposta.

Uno strano presentimento aleggiò nel suo cervello; provò a telefonarle, ma invano, nessuno rispose.

Che strano, pensò.

Toc-toc, qualcuno bussò alla porta dell'ufficio proprio in quel momento.

Poggiò il cellulare sulla scrivania e con un 'avanti' altisonante gli concesse verbalmente il permesso per entrare.

"Antonio, ho bisogno di parlarti!" La testa del Capitano sbucò. Sembrò un pretesto per l'ennesimo tentativo di chiarimento.

"Mi chiami nel modo corretto!" Lo redarguì in modo dispotico alzando la voce.

"Colonnello per favore, mi ascolti!" Si mostrò più insistente del solito. "Devo riferirle qualcosa di importante".

Il Comandante si alzò in piedi spazientito e gli voltò le spalle per ammirare, dal suo finestrone, il cortile imbiancato: la neve aveva cominciato a posarsi dalla notte precedente.

"Qualcosa che riguarda Daniela!" Esplicitò, sicuro che lo avesse sensibilizzato.

Antonio avvertì un sussulto nell'udire quel nome, ma simulò freddezza.

"La ragazza ha deciso di tenere aperto il ristorante e mi hanno già anticipato che il Tenente dei Carabinieri, Callisto, si sta dirigendo da lei. Conosce l'intransigenza di quell'uomo, le eleverà un mucchio di sanzioni arrivando persino a disporre i sigilli al locale".

"Non è una cosa che mi riguarda". Rispose sprezzante, nonostante il suo ginocchio tremante mostrasse apprensione.

"È in difficoltà economiche! Mutui non pagati e casa dei genitori sottoposta a pignoramento. Se continua così..." Elencò le condizioni della ragazza, mostrando di tenerci.

"Basta!" Si innervosì allontanando le emozionanti conseguenze logiche.

"Ma perché ti comporti così, Antonio?" Una voce maschile familiare intervenne.

"Nicola!?" Si voltò riconoscendo distintamente il timbro del suo amico d'infanzia.

"Già sono io!" Sbucò da dietro al Capitano.

“Che ci fai qui?” Rimase interdetto fra un sorriso di accoglienza e la coerenza di intransigenza.

“Michele mi ha chiesto un aiuto. Sembra tu sia diventato intollerante e non voglia sentir ragione nell’ascoltare la sua versione dei fatti!”

“La verità è che li ho colti in flagrante in un bar mentre si scambiavano atteggiamenti intimi”. Osservò con spregio il suo sottoposto.

“Non è come pensa!” Obiettò l’uomo ritenuto infedele.

“Sarebbe bastata la lealtà. Sapeva quanto ci tenessi”.

"Forse dovresti leggere questo!” Schiacciò prepotentemente un foglio sulla scrivania.

“Che cos'è?” Si sedette sulla sedia e lo spiegò.

"Leggilo!" Annuì per sollecitarlo a prenderne visione.

“È una denuncia fatta da Daniela Torregrin”. Si arrestò alcuni secondi nell’aver appreso il nome della ragazza, poi proseguì incuriosito dal contenuto. “Nei confronti di Carlo Tommasin: aggressione e violenza fisica con divieto di avvicinamento a meno di 10 km”.

“E guarda la data”, intervenne il Capitano ansioso di dimostrarsi leale.

“Tre Dicembre”. Restò perplesso, dal dubbio di essere stato

troppo precipitoso.

"Ovvero qualche giorno prima che ci hai visti al bar". Appuntò.

Antonio guardò il calendario dell'Arma, appeso al muro.

Le avevo spostato una ciocca di capelli per vedere cosa le avesse fatto quell'animale. Daniela, per vergogna, mi ha afferrato la mano". Mimò fedelmente il gesto.

"Il momento in cui sono giunto". Ricordò, mostrandosi confuso. L'idea di essere stato troppo precipitoso cominciò a prender piede.

"Appunto". Un sospiro di sollievo lo liberò da quell'accusa infamante.

"Che sia il caso che andassimo su a Cortina?" Propose Nicola mostrando il mazzo di chiavi della sua macchina, infilate sull'indice.

I tre si recarono celermente alla volta del centro turistico dell'alto Veneto.

Un paio di gazzelle dei Carabinieri erano già giunte sul posto, circondate da curiosi e clienti mormoranti in quanto evacuati con la forza dal ristorante e schedati per aver preso parte a un pranzo non autorizzato, in violazione della normativa vigente.

"Ho diritto di mangiare dove e quando mi pare, il DPCM non ha valore di legge". Obiettò una ragazza a cui stavano per elevare una contestazione.

"Mi dia i suoi documenti", intimò il Brigadiere intento a redigere il verbale.

"Eccole la mia carta d'identità, nessun problema. Si ricordi che il DPCM è carta straccia. Si tratta solo di un atto amministrativo, farò ricorso". Rise anche se non completamente convinta.

"Faccia pure come crede". Le sfilò il documento dalle dita per rilevarne i dati. Poi alzò la testa alla volta dei 3 militari sopraggiunti. "Abbiamo risolto, grazie".

I nuovi arrivati ignorarono il suo invito a lasciar perdere ed entrarono nel locale.

"Farabutti!" Inveì Daniela, mentre assisteva impotente allo sgombero forzato dei clienti dalla sala e alla conseguente perdita dell'incasso.

"La smetta o si prenderà una denuncia per resistenza a Pubblico Ufficiale". Intimò il Tenente.

"Non vi vergognate!" Perseverò indomita.

Il Carabiniere la guardò sentito attraverso la visiera del

cappello.

"Non ho mica paura di lei!" Lo sfidò.

Il Carabiniere perse la pazienza, si avvicinò ed esclamò minaccioso: "Le faccio fare un TSO".

"Daniela, stai calma", Una voce familiare richiamò la sua attenzione.

La proprietaria voltò lo sguardo e vide, con grande sorpresa, il suo amico Antonio, ritrovando per un frangente il sorriso.

"Ci penso io a calmarla". Si voltò verso il Carabiniere rassicurandolo.

Questi chiuse gli occhi per ritrovare la lucidità e passò lo sguardo al blocchetto delle contravvenzioni intento a compilarlo. "Vediamo se comminando il massimo della sanzione riusciamo a farla ragionare". Si rivolse alla collega in sua compagnia per cercare un appoggio morale.

Ella mostrò dapprima indifferenza, poi mise la testa di lato e sbarrò gli occhi in un gesto che voleva invitarlo a essere più clemente.

"Tenente, capisca la situazione". Michele lo invitò a soprassedere.

"La faccia ragionare!" Sbottò andando via stizzito, sentendosi isolato. Prese in mano il walkie talkie in cerca di una comunicazione dalla centrale che lo avesse sollevato da quel momento di insolita soggezione e tolleranza.

Il Tenente Callisto era un uomo sulla quarantina originario delle Marche. Le sue occhiaie, il naso a punta con un evidente gobba e gli incisivi sporgenti gli donavano un aspetto tutt'altro che piacente. Gli amici, fin dalle elementari lo avevano deriso soprannominandolo Mefisto per via del suono simile del cognome. Vessato da bullismo, aveva chiesto l'aiuto ai docenti e ai suoi familiari, ma la cosa aveva solo aggravato la situazione. La divisa gli avrebbe conferito il potere con cui soddisfare il senso di rivalsa. Persino i colleghi lo temevano a causa della sua determinazione lavorativa: non tollerava favoritismi di alcun genere.

Daniela si andò a rifugiare istintivamente fra le braccia di Antonio avvertendo un mix di strane sensazioni: familiarità, protezione e ascolto. I momenti trascorsi insieme erano riapparsi dalla dissolta nebbia di oblio con cui aveva cercato di dimenticarlo.

"Non puoi tenere aperto il ristorante. Sai che non è ammesso, vai contro le regole". Le sussurrò come fosse stato suo padre.

"Siamo in zona rossa rinforzata", aggiunse il Capitano.

"Ma come farò con le spese?" Si disperò.

"Faranno una moratoria, arriveranno ristori e poi... sono in arrivo i vaccini. Presto sarà tutto finito!"

CAPITOLO XV

L'inaspettata perdita

Il periodo natalizio fu caratterizzato, su proposta del Comitato Tecnico Scientifico e con l'assenso del Governo, dall'alternanza fra zone rosse e arancioni; tali linee guida furono condivise, quasi integralmente, da tutti gli Stati del Vecchio Continente. Il giorno dopo Santo Stefano, il 27 Dicembre 2020, divenne una data storica: fu inoculato il primo vaccino, segnale che la luce in fondo al tunnel si cominciava realmente a intravedere; la persona designata fu un'infermiera di 29 anni. La maggior parte della popolazione, seppur contraria alle restrizioni e ai coprifuoco, si era attenuta ancora una volta alle raccomandazioni. Non erano mancati banchetti clandestini, cenoni non autorizzati e feste private organizzate illegalmente da parte dei soliti furbetti.

In campo Internazionale, in America, si era insediato il nuovo Presidente Biden, spodestando un mai domo Trump, vittima a suo dire di un raggiro di voti. La sua capitolazione era coincisa con l'assalto al Campidoglio, il 6 Gennaio 2021. I media si erano affrettati a renderlo fomentatore di tale atto, viste le accuse di brogli e le ambigue dichiarazioni di cui si era fatto promotore. Era stato conseguentemente bandito da ogni mezzo di comunicazione, compresi i Social Network su Internet. Gli Stati Uniti chiudevano il ciclo di un Presidente, spesso discusso per la sua figura esuberante, la determinazione e la arroganza che lo contraddistinguevano, per avviarne uno nuovo: era stata promessa la vaccinazione di massa, la distensione dei rapporti politici coi partner storici internazionali, una maggiore tolleranza verso l'immigrazione e più attenzione nei riguardi delle fasce di popolazione più povere.

Il giorno dopo l'Epifania, vi fu un allentamento delle restrizioni in Veneto, grazie al calo dei contagiati favorito dalle misure di contenimento. Daniela, fiduciosa nella ripresa della normalità, si era attenuta rigidamente alle misure imposte, astenendosi da ogni iniziativa illecita.

Il 7 Gennaio si recò alla stazione di Calalzo, per prendere il Minuetto che l'avrebbe portata in circa un'ora a Belluno; era intenzionata a fare una sorpresa ad Antonio, sicura che era in servizio.

"Prego signorina, entri pure". La Capotreno, addetta all'accoglienza, schiacciò gentilmente il pulsante verde per aprire la porta automatica.

"Grazie, molto gentile". Boccheggiò con la mascherina sul viso; aveva percorso gli ultimi metri più velocemente per paura di perderlo, nonostante fosse in anticipo.

"Prenda pure posto dove vuole". Le mostrò una zona sgombra da viaggiatori.

"Ma è vuoto!" Si meravigliò notando come tutti i posti fossero liberi.

"La gente non si muove con le restrizioni", appuntò la donna in divisa.

"Solo per questo?" Si sincerò, accomodandosi sui primi posti, in testa al convoglio.

L'addetta si fermò sulla soglia della cabina, da dove avrebbe potuto dare assistenza alla macchinista, senza rinunciare a fornire risposte a quella viaggiatrice curiosa: "Anche se c'è bassa affluenza, da parte nostra manteniamo una discreta copertura del servizio. Nei periodi estivi auto sostituiamo i treni con le corriere per favorire la manutenzione".

"Ovvio, perché le scolaresche non ci sono in estate". Trasse una conclusione che reputò ovvia.

"Non si tratta solo di trasporto di alunni. Purtroppo il Cadore sta scomparendo". Abbozzò una smorfia di disappunto perché anch'essa proveniente dalla zona.

"A chi lo dice". Annuì triste la passeggera. "Ho rinunciato ad andar via da questa terra perché ne sono follemente innamorata".

"Studia in zona? Immagino si stia recando in qualche sede universitaria". Scrutò attentamente tutt'attorno, meravigliandosi come la viaggiatrice non avesse neanche un bagaglio.

"Io ho smesso da un pezzo di studiare; sono imprenditrice nell'ambito della ristorazione". Si sollevò leggermente la mascherina per respirare con meno difficoltà.

"Quindi lavora a Belluno?" Fissò severamente l'anomala posizione del dispositivo di protezione, ma si lasciò guidare dal buon senso. Retrocesse impercettibilmente di un ulteriore mezzo metro per aumentare la distanza di sicurezza, sincerandosi con lo sguardo che l'unico viaggiatore presente si trovasse lontano, nella parte posteriore.

“No, a Cortina!” Guardò tristemente attraverso l'oscurità del finestrino, diventato improvvisamente uno specchio poiché il treno aveva imboccato una galleria.

“Davvero?” Si voltò in avanti richiamata dal fischio del treno, appena sbucato dal tunnel.

“Purtroppo l'unica industria presente, quella degli occhiali, si è spostata verso Belluno. Ci è rimasto solo il turismo di Cortina. Il resto sono solo rimesse di pensionati che alimentano l'economia locale.

“Dovrebbero fare qualcosa. Invertire il trend per rianimare la zona”. Allargò le mani.

“Basterebbe un traforo ferroviario e automobilistico nella vicina Austria per fornire linfa all'economia”. Puntò l'indice verso l'addetta, quasi a renderla responsabile.

“Devo andare”. Troncò la conversazione la Capotreno, intenzionata a fornire assistenza alla giovane macchinista addetta alla guida del convoglio, con cui formava una squadra di lavoro tutta al femminile; l'azienda ferroviaria di Stato aveva puntato, da tempo, sul riequilibrio delle figure professionali al fine di garantire pari opportunità.

Il treno percorse la serie di gallerie, risalenti agli inizi del '900, alternate alla vista panoramica sulla vallata sottostante e circondata da montagne.

Giunsero puntuali nel capoluogo di provincia dell'alto Veneto.

Dopo aver preso un fugace caffè da asporto, presso il bar sito sul binario uno, uscì dal fabbricato. Trovò una fila di veicoli parcheggiati, tra cui una vecchia macchina color giallo, munito della targhetta luminosa 'TAXI' sulla cappotta.

"È libero? Può accompagnarmi alla Caserma Brunelleschi?" Chiese al guidatore.

"Certo, entri pure". Era un anziano del posto, ex autista di autobus che sostava abitualmente nei pressi della stazione, più per cercare qualcuno con cui chiacchierare, che accompagnare sporadici visitatori.

"Lavora nell'Esercito?" La osservò dallo specchietto retrovisore, cercando di innestare, con difficoltà, una marcia che gracchiò a causa della frizione consumata.

"Non proprio". Ricambiò lo sguardo per un attimo, mentre cercava la trousse nella sua borsa.

"Sarà un'addetta, presumo". Tirò fuori da un contenitore un ramoscello di liquirizia che pose fra le labbra per masticarlo. Era un ex fumatore.

"Vado a trovare un amico". Troncò laconicamente la sua

curiosità.

Il tassista inchiodò. "Mi sta dicendo che non è autorizzata? C'è un coprifuoco in atto!"

La passeggera sgranò gli occhi, timorosa che potesse rifiutare di accompagnarla e chiederle di scendere.

"Ci penso io". Sorrise, lasciando intendere che si stesse prendendo gioco di lei. Fece inversione a U, per imboccare una strada senza posti di blocco; ne era sicuro in quanto l'aveva percorsa all'andata.

Il taxi, in soli 10 minuti, giunse al luogo indicato.

La ragazza, dopo aver salutato il gentile tassista e pagato solo cinque euro, scese dall'auto e si approssimò alla porta carraia per farsi riconoscere dal piantone.

"Sono qui per il Colonnello". Affermò, impaziente di vederlo di lì a poco.

"Guardi che il Colonnello non credo sia presente". La informò il Caporale da dietro al vetro blindato dell'ingresso. Il Sergente di giornata, presente nella cabina, ne confermò l'ipotesi.

"C'è almeno il Capitano?" Guardò vagamente sul vetro a specchio alla ricerca di un viso.

Il Caporale cercò ancora conferma dal suo superiore, che

annuì.

"Lo troverà su, probabilmente, in Compagnia". La serratura scattò, così la ragazza potè aprire manualmente il portoncino blindato di ferro.

"Salga pure le scale subito dietro questo caseggiato". Indicò la giovane recluta, affacciandosi dalla porta dell'angusto container, adattato a posto di guardia.

"Daniela! Che ci fai qui?" Incrociò il Capitano non appena ebbe girato l'angolo del palazzo.

"Sarei venuta a trovare Antonio, ma dicono non sia presente". Aggrottò gli occhi per scrutare in lontananza ogni militare presente nella zona, come dubitasse.

"No, non c'è… Ma non ti ha detto niente?" Stirò un baffo con le dita.

"Cosa avrebbe dovuto dirmi". Si preoccupò avvicinandosi.

"Sua nonna..." Sussurrò.

"Cos'ha?" Spalancò gli occhi.

"L'hanno ricoverata il giorno prima di Natale per un piccolo malore, poi..." Arrestò il racconto rendendosi conto di come stranamente Antonio non le avesse raccontato niente in quei giorni.

"Avevo capito ci fosse qualcosa che non andava. Mi aveva

scritto che c'erano stati dei piccoli problemi giù in Puglia, ma che si sarebbero risolti a breve; me ne avrebbe parlato di persona. Ero venuta qui per sincerarmi che tutto fosse tranquillo".

"Purtroppo sembra che la situazione sia improvvisamente degenerata e si sia ammalata di Covid. È in terapia intensiva presso il Policlinico di Bari". Tolse il berretto per asciugarsi la fronte con la mano.

"Quando è partito?" Guardò verso il cielo esterrefatta.

"Da non molto". Il Capitano diede uno sguardo all'orologio. "Non è ancora in viaggio. Prenderà il treno delle 13:34".

"Mancano solo dieci minuti". Si disperò.

Ci rifletté un attimo, poi propose: "Vieni ti accompagnerò io".

Sfrecciarono ad alta velocità verso la stazione, imbattendosi in una manifestazione di protesta non autorizzata, dei proprietari delle palestre, che aveva interdetto il traffico.

"Accidenti sarà partito prima che arriveremo". Sbuffò Daniela irrequieta.

"Tagliamo di qui, lo intercetterai a Sedico". Seguì l'indicazione di un cartello autostradale appena incrociato, quasi fosse un suggerimento divino.

"Eccolo!" Notò il piccolo treno a 3 carrozze.

Lo affiancarono sul ponte della strada Statale 50, all'uscita dal capoluogo di provincia, superandolo, poiché vincolato a un rallentamento che ne limitava la corsa a quindici chilometri orari.

Daniela intravide Antonio, seduto vicino al finestrino lato strada, e cercò di salutarlo mentre lui non si accorse di niente in quanto sbirciava preoccupato il suo tablet.

L'auto arrivò nella piccola stazione pochi istanti prima che sopraggiungesse il treno. La ragazza attraversò la passerella di legno del binario uno, attestandosi sullo stretto marciapiede, proprio nel momento in cui il convoglio si arrestò.

Richiamò l'attenzione del Capotreno, adducendo alla necessità di un biglietto, per poi spostarsi nella carrozza dov'era seduto Antonio, la terza. Dopo aver aperto una serie di porte scorrevoli, si fermò finalmente davanti a lui.

Il Colonnello notò distratto la presenza di qualcuno ed estrasse il biglietto, convinto si trattasse del controllore; lo porse sollevando gli occhi per educazione e degnarlo di uno sguardo.

"Daniela? Che ci fai qui?". Domandò, sorpreso di vederla.

"Vengo in Puglia con te. Mi ha detto tutto il Capitano".

Guardò attraverso il finestrino l'auto militare e l'amico con entrambe le braccia sollevate.

"È incorreggibile quel campano". Regalò un saluto militare a distanza.

"Una brava persona!" Alzò anch'essa la mano per ringraziarlo ancora. "A proposito, come sta nonna Angelica?

Lui si intristì.

"Non volevo". Gli strinse le mani.

"Non è niente". Riprese in mano il tablet. Sullo schermo vi era la foto di sua nonna, visivamente orgogliosa, immortalata in un abbraccio il giorno della sua laurea.

"Quali sono le sue condizioni?"

"È in rianimazione adesso".

"Vedrai che ce la farà". Gli pizzicò dolcemente una guancia.

"Sì! È una donna forte!" I suoi occhi luccicarono mentre cercava a stento di trattenere le lacrime.

Il viaggio proseguì senza intoppi; giunsero puntuali a Molfetta alle 19 in punto e in soli 8 minuti, a passo di maratoneti, giunsero a casa sua.

Teresa era ferma ad attenderli sull'uscio della porta spalancata: impaziente, li aveva visti arrivare dietro una finestra.

"Mamma". Corse da lei come fosse un bambino tornato a casa dopo il primo giorno di scuola.

"Antonio". Scoppiò a piangere.

"Allora, ci sono novità sulle sue condizioni?" Le afferrò la testa con i palmi delle mani per captarne una risposta sincera, liberando le lacrime sulle guance con i pollici.

"L'hanno intubata e le hanno indotto il coma farmacologico. Sembra stia reagendo bene alle cure e che le medicine somministratele facciano il loro effetto". Sorrise speranzosa.

"Sono contento". Strinse la donna a sé.

"Ciao Daniela". Si rivolse alla ragazza, asciugandosi il viso con la manica del maglione per avere un aspetto migliore.

"Ciao Teresa". Le sorrise compassionevolmente.

"Venite, accomodatevi. Preparo qualcosa per cena". Si diresse verso la cucina, ma aveva notato qualcosa di strano nell'ospite. "Come mai non hai nessuna valigia con te?"

"Veramente non era programmato che venissi in Puglia". Scrollò le spalle.

"Già, dovresti avvisare anche i tuoi!" Scoppiò in una risata liberatoria Antonio.

"Ti darò qualcosa di mio". Si recò nella camera per prelevare alcuni vestiti attillati usati anni prima, quando le forme erano ancora toniche: le aveva custodite gelosamente nell'armadio.

"Non serve, davvero". Mise le mani avanti, pur rendendosi conto di non aver alternativa.

Per cena, Teresa preparò degli squisiti peperoni ripieni di riso e tonno, una specialità del posto; si accomodarono a tavola per mangiare, quando lo squillo del telefono richiamò la loro attenzione.

"Ci penso io a rispondere". Antonio si voltò per afferrare la cornetta alle sue spalle. "Pronto?"

Sua madre, temendo il peggio, si bloccò osservandolo per comprendere i contenuti della conversazione.

"Certo, la signora Teresa è qui, ma se vuole può anticiparmi qualcosa". Impaziente, si sfregò i polpastrelli.

Presto il suo viso cambiò colore: rimase freddato nell'ascoltare la notizia e gli occhi divennero lucidi.

Una voce gracchiante si udiva dall'altoparlante. "Pronto è ancora lì?"

La cornetta scivolò dalle mani del Colonnello. Si voltò in lacrime, lasciando intendere un amaro epilogo che infine confermò: "Nonna non c'è più!"

Teresa si sentì mancare, mentre Daniela la afferrò per impedire che cascasse, trascinandola con tutte le forze sul divano.

CAPITOLO XVI

I ricordi

Il garrito dei gabbiani, in cerca di cibo, dominava l'ampio piazzale antistante la Basilica della Madonna dei Martiri, un'importante chiesa cittadina risalente al lontano 1200 e utilizzata in passato come ospedale dei crociati. Era tristemente vuota a causa del contingentamento dei fedeli: al funerale di Angelica erano stati ammessi solo i parenti più stretti, una decina in tutto. Il silenzio tombale era reso cupo dal sibilo provocato dalle folate del gelido vento di tramontana proveniente dal mare, che si incuneava nelle usurate finestre. Il cielo era plumbeo, leggere spruzzate di neve avevano imbiancato i parabrezza delle auto parcheggiate, mentre le campane avevano cominciato a suonare un triste battaglio, quello dell'ultimo saluto.

Il vescovo celebrò la liturgia funebre coperto da una mascherina nera e sussidiato da due chierichetti, disposti a non meno di cinque metri di distanza da lui.

La bara era situata solitaria sotto la scalinata dell'altare tappezzato di fiori, corone e dediche.

Angelica contava su molti estimatori e conoscenti, anche se costoro non avevano potuto prendere parte alla veglia.

Per ordine del Prefetto, subito dopo il funerale, il feretro sarebbe stato cremato senza possibilità di autopsia.

Il Colonnello riviveva nella mente alcune scene della vita di sua nonna. Ricordava specialmente quella storia che l'aveva resa celebre agli occhi dei concittadini.

Ancora bambina, durante le fasi di liberazione dell'Italia nel 1944 da parte degli alleati, aveva assistito a una scena che l'avrebbe segnata per sempre; in una Molfetta vessata dalla povertà del conflitto mondiale, sua sorella maggiore Stefania, dell'età di 14 anni, insieme ad alcune coetanee avevano deciso di giocare a nascondino. Non avevano voluto che la piccola Angelica prendesse parte al gioco perché gelose della loro adolescenza e privilegiate dalle prime concessioni parentali di libertà. La piccola si era dovuta accontentare di assistere inerme al gioco delle ragazze, seduta su una chianca bianca che fungeva da scalinata di accesso a un'abitazione, mentre a sua sorella era toccato contare rivolta contro la parete, in attesa che le contendenti potessero nascondersi.

"Otto, nove, dieci. Adesso vi becco tutte!" Aveva promesso Stefania a voce alta, dando il via alla ricerca.

Non poteva allontanarsi troppo, altrimenti qualcuna avrebbe potuto raggiungere la base, battendola sul tempo, in un "campo liberi tutti": sarebbe toccato un altro turno.

Stefania cominciò a cercare titubante le sue amiche, spostandosi di alcuni metri dalla postazione da piantonare, sporgendosi ed abbassandosi al fine di individuarle. Scovò Roberta nascosta dietro una colonna, Francesca arroccata alle spalle di un vecchio calesse abbandonato e Lucia accovacciata dietro a un bidone; mancava solo Caterina.

Quest'ultima era da sempre considerata la più abile nel gioco: improvvisava nascondigli impensabili, mimetizzandosi per bene, infine con uno scatto fulmineo giungeva alla base condannando la cacciatrice a un'umiliante sconfitta. Stefania era decisa a non perdere, mentre le ragazze scovate ridacchiavano sicure della rivincita grazie alla loro beniamina.

Un plotone di soldati di origine Libica si era avvicinato per setacciare la zona in cerca di fascisti scampati alla cattura e in fase di ritirata.

Alla loro vista, le 3 ragazze perdenti avevano fatto immediatamente ritorno a casa perché intimate precedentemente dai genitori a evitarli.

"Vai anche tu a casa!" Le aveva suggerito Francesca, rientrando nel portone vicino.

Stefania rimase interdetta: scappare e lasciare la base libera o scovare Caterina.

Sarà andata anch'essa via o starà temporeggiando, pensò. Non desistette e cercò ancora, entrando nell'unico posto rimasto inesplorato: una casa abbandonata nella città vecchia.

Entrò dentro, seguita a debita distanza dall'impicciona Angelica, che si era mostrata abile nel non farsi notare.

Un grido strozzato si era sentito non appena Stefania aveva varcato la soglia. Angelica si avvicinò per capire cosa fosse accaduto: un energumeno militare aveva tappato la bocca a sua sorella e sorrideva parlando un incomprensibile lingua con un commilitone; le intenzioni erano apparse palesemente nefaste.

Senza pensarci due volte, Angelica si era intrufolata nel portone e si era lanciata sul braccio del militare addentandolo in un lancinante morso all'altezza del tricipite. L'uomo aveva urlato dal dolore e liberato istintivamente la ragazzina per accarezzarsi la parte morsa, mentre le due sorelle si erano date alla fuga sotto le risate del commilitone di pattuglia, sorpreso da tanto coraggio, ma soprattutto divertito dal fatto che due nanerottole avessero messo in difficoltà una persona apparentemente imbattibile.

Il militare deriso aveva brandito il fucile per sparare alle fuggiasche, ma il suo amico lo aveva fatto desistere perché l'uccisione di due ragazzine inermi sarebbe stato poco giustificabile in un momento in cui fioccavano denunce di aggressione alle giovani fanciulle; il Comando centrale non era disposto a infangare la reputazione di liberatore buono e democratico; avrebbe punito severamente ogni sopruso.

La notizia non faticò a diffondersi nella comunità, eleggendo Angelica a una piccola eroina.

"La messa è finita, andate in pace". Concluse l'omelia il Vescovo, riportando Antonio al presente.

La bara fu immediatamente portata via dalla chiesa per lasciar spazio a una nuova veglia funebre; le morti, a causa del Covid, avevano subito un'impennata.

Antonio guardò immobile allontanarsi il carro funebre,

mentre Daniela lo fissava dispiaciuta: il mento si era irrigidito e le labbra contratte.

“Vieni, facciamo due passi”. La ragazza si avvinghiò al braccio di Antonio, spronandolo a camminare.

Lui la osservò smarrito, si lasciò andare a passeggiare meccanicamente. Percorsero i 500 metri di viale alberato prospiciente il mare, si addentrarono nei budelli di un vecchio quartiere adiacente ai quasi dismessi cantieri navali per sbucare infine sul borgo cittadino.

“Splendido”, apprezzò lei osservando il Duomo illuminato da un fascio di luce che si era fatto breccia attraverso le nuvole.

"Una volta rappresentava la porta di accesso cittadina dal mare". Spiegò, alienandosi mentalmente dal lutto.

"È davvero immerso il porto, non ci avevo mai fatto caso". Osservò la sua maestosità.

“Quasi inutilizzato, dato che ci sono poche barche”, commentò lui laconico.

“Saranno fuori per pescare?” Ipotizzò la ragazza.

“Con questo tempo?” Sorrise sollevando la testa e ammirando i veloci cumulonembi giungere sulla terraferma, sospinti dal vento proveniente dai vicini Balcani.

Daniela rimase interdetta a fissarlo, alla ricerca di una

spiegazione.

"Anni fa, Molfetta aveva una grande flotta peschereccia, la seconda nell'Adriatico. Dagli inizi del duemila, le politiche comunitarie hanno incentivato la demolizione dei natanti indennizzando gli armatori che dismettevano le barche. L'indotto ha subito una brusca contrazione".

Incrociarono un uomo claudicante, venire loro incontro, con la pipa in bocca: un vecchio marinaio nostalgico che soleva passare le giornate vagando per i moli portuali.

La ragazza ascoltava a bocca aperta, impressionata dalle storie apprese.

"Vieni con me, ti mostro qualcosa". Propose lui, tirandola per un braccio e dirigendosi verso la muraglia della banchina di approdo portuale.

"Divieto d'accesso!" Lesse contrariata il cartello appeso a una cancellata.

"Non per noi". Forzò una serratura arrugginita che cigolò e si aprì, era semplicemente appoggiata.

"Mah". Indietreggiò, timorosa di infrangere la legge.

"Sono anni che non la riparano". Le afferrò la mano.

Salirono in punta di piedi per le scale, accertandosi che nessuno li vedesse, poi percorsero chini il camminamento sopra la muraglia, alta oltre 5 metri e senza protezioni, finché giunsero alla punta del porto caratterizzato da un faro di segnalamento color verde.

Il vento era aumentato di intensità e le onde si infrangevano ferocemente contro i cubi di cemento a difesa della struttura.

Ammirarono il panorama: da un lato l'immenso mare agitato color turchese, venato dalla bianca schiuma, e dall'altra parte la città in tutta la sua bellezza.

Daniela avvertì un brivido di freddo mista a eccitazione per la situazione proibitiva; cercò protezione fra le braccia di Antonio. Lui la accolse in una stretta calorosa, mentre ne osservò gli occhi lucidi e le labbra. Tentennò nel cercare un contatto: il ricordo del rifiuto sul traghetto era ancora vivido. Apparentemente, lei non mostrava segni di riluttanza, così lui trovò il coraggio: chiuse gli occhi per scacciare la paura e avvicinò la sua bocca a quella della ragazza. Un caldo contatto gli confermò che Daniela lo stava baciando.

CAPITOLO XVII

Le murge

Il clima in casa Gentaro era diventato improvvisamente cupo e silenzioso. La morte di Angelica aveva lasciato un vuoto incolmabile: i telegiornali, i programmi preferiti, i cibi che tanto amava e le polemiche che sovente sollevava erano improvvisamente scomparse.

Teresa aveva scelto di passare un paio di settimane da sua sorella maggiore Anna, al fine di alienarsi da quel posto e metabolizzare meglio la perdita, mentre i ragazzi avevano deciso di rimanere in Puglia per qualche altro giorno.

"Preparati, staremo fuori oggi!" Propose Antonio due giorni dopo il funerale.

"Dove vorresti andare? Ti ricordo che siamo ancora in zona

rossa!” Lo ammonì.

“Non per chi lavora!” Inclinò la testa per persuaderla.

“Appunto, noi non lavoriamo!” Allargò le braccia contraddicendolo.

“Ci ha pensato Ciccio!” Sollevò il telefono per mostrare la chat whatsapp tenuta col suo amico.

“E quindi?” Si avvicinò per sbirciare.

“Siamo collaboratori a tempo determinato del suo studio. Guarda sotto!” La invitò a osservare dalla finestra.

L’auto del suo amico, con l’enorme scritta ‘Studio Tecnico DeNilo’, era parcheggiata sotto l’abitazione; l’aveva scambiata con la MINI.

“Voi siete matti!” Si batté sconcertata una mano sulla fronte.

Uscirono di casa, verso le 11 di mattina, in una giornata dal sapore primaverile. Il vento aveva cambiato direzione, provenendo dai quadranti meridionali, così la temperatura sfiorava i 20 gradi e il cielo era limpido.

“Dove siamo diretti?” Cercò di intuire la direzione sul navigatore del telefonino.

“Ad ammirare posti splendidi!” La invitò a non fare domande alzando contemporaneamente il volume dell'autoradio. Suonava, in quel momento, la canzone 'Andrà tutto bene'.

Si avviarono verso l'entroterra, direzione Terlizzi, un centro abitato che contava 25000 residenti adagiato su una collina a 200 metri di altezza sul livello del mare, dove si fermò per acquistare qualcosa in un panificio artigianale e una rinomata macelleria della cittadina.

"Cos'hai comprato?" Si sporse per curiosare nei sacchetti, non appena fu rientrato in macchina.

"Qualcosa per poter fare uno spuntino". Ritrasse le buste per impedirle di scoprire cosa vi fosse dentro.

"Dai, dimmelo!" Tirò verso di lei la busta.

"Aspetta e vedrai". La guardò rassicurandola che non se ne sarebbe pentita, sottraendola e poggiandola sotto il sedile posteriore.

Proseguirono addentrandosi fra le Murge, le colline Pugliesi che si spingevano fino ai confini con la Basilicata.

"Anche qui, vedo, producete vino!" Constatò notando distese di vigneti e tabelloni ricoperti da manifesti riportanti i nomi delle cooperative di frantoi.

"Non produciamo mica solo olio, abbiamo anche una buona

industria casearia da queste parti". Incrociarono l'indicazione di una masseria riportante la scritta 'produzione propria'.

"Qui però non c'è più niente!" Osservò un paesaggio diventato improvvisamente spoglio di vegetazione.

Scosse la testa contrariato. "Purtroppo, hanno disboscato tutto nell'intento di coltivare. Vi era una florida macchia mediterranea millenaria; la mano dell'uomo ha distrutto l'ambiente. Il terreno si è infiltrato nelle cavità carsiche: gli eventi atmosferici hanno fatto il resto", spiegò. Poi, improvvisamente sterzò e si addentrò con l'auto in una strada sterrata dove si fermò.

"Che facciamo qui?" Si guardò attorno cercando di coglierne le intenzioni.

"Ti mostro qualcosa". Aprì la sua portella per uscire dalla macchina.

"Sei sicuro non sia pericoloso?" Tergiversò dubbiosa.

"Vieni, seguimi. Non crederai mica ti abbia portato quassù senza che tu vedessi qualcosa di favoloso?" La esortò a seguirlo con un espressione convincente.

Scalarono la ripida salita e in 10 minuti, sfiaccati, raggiunsero la cima di una collina dove poterono ammirare il panorama. Si vedeva il mare in lontananza da un lato e gli

Appennini lucani dall'altro, agglomerati urbani qua e là a 10 km circa di distanza l'uno dall'altro.

"E quello cos'è?" Ammirò una dominante struttura medievale adagiata su una vetta.

"Castel del Monte, una fortezza Sveva che ha fatto storia".

"Fantastica!" Esclamò.

"Pranziamo!" Strappò senza eleganza le buste contenenti ciò che aveva comprato un'ora prima: estrasse una pagnotta di croccante pane, dalla crosta ben cotta, e degli involtini di carne cucinati alla brace, oltra a due enormi birre da 75 cl.

Lei li esaminò e commentò impressionata: "Queste sono budella?"

"Fegato, coscia e altre parti del cavallo". Annuì.

"Poveri animali!" Si dispiacque Daniela, ma non se la sentì di rifiutare quell'offerta; prese titubante il lungo stuzzicadenti e addentò un pezzettino di carne per testarne il sapore. "Buono!" Lo masticò con gusto.

Mangiarono seduti per terra, sull'erba, incuranti delle restrizioni e della bassa temperatura a quell'altezza: si attestava attorno ai 10 gradi, nonostante il tepore del sole.

Ben presto la delizia culinaria terminò.

"Ne è rimasto solo uno, mangialo pure tu!" Propose il

Colonnello alla ragazza, porgendoglielo.

"No, non è giusto, a te l'onore dell'ultimo pezzo". Ribatté educatamente.

Lui sollevò il bastoncino e lo porse all'altezza della sua bocca, proponendo: "Faremo a metà".

Lei lo guardò, aprì la bocca per mordere il bocconcino di carne con gli incisivi, quando inaspettatamente lo ritrasse ricattandola: "Solo se mi darai un bacio!"

"Allora lo mangerai tu!" Lo prese in giro allontanandosi, fingendo di essere offesa.

Lui si lanciò su di lei abbandonando il cibo sul terreno, facendo la fortuna di un formicaio sottostante, e la baciò.

La toccò con enfasi, desideroso di possederla. Notò con grande piacere che anche lei aveva voglia di lui: non tardò a palpargli il petto e accarezzare il viso.

Fecero l'amore sulla cima della collina, fra la vegetazione, incuranti del pericolo di essere colti in flagrante. Il Covid, la morte della nonna e il ristorante, tutto d'un colpo avevano perso importanza. I due ragazzi si baciarono appassionatamente e godettero del piacere di un rapporto nato per caso, ma diventato profondo nel tempo.

Dopo l'amplesso, si rivestirono, ricomponendosi come meglio poterono e ripartirono alla volta di Matera dove parcheggiarono nei pressi del centro storico per visitare i Sassi; si addentrarono nelle vie tortuose dell'agglomerato urbano e ne ammirarono le pietre bianche, l'architettura e le chiese che l'avevano resa importante in tutto il mondo, fino alla nomina di 'Capitale della Cultura', qualche anno addietro.

"Voi non siete del posto?" Una vecchia signora annoiata e nascosta dietro una vetrata li colse alla sprovvista, mentre passeggiavano mano nella mano.

"Veramente…" Rimase senza parole Daniela.

"Siamo qui per alcune rilevazioni", intervenne Antonio deciso. "Collaboriamo con uno studio tecnico".

"Ahahahah, bella questa!" Dubitò apertamente delle loro giustificazioni.

"Guardi che è vero!" Confermò la ragazza.

"Vi osservo da tempo. Ho visto come vi tenevate per mano". Mostrò compiacimento.

"Ok, è vero!" Ammise la calaltina arrossendo.

"Fino a un anno fa qui c'era tanta gente che passeggiava". Palesò un bisogno di parlare con qualcuno, non era aggressiva come era sembrata un attimo prima, cercava semplicemente compagnia e aveva preso al volo una scusa banale per scambiare due chiacchiere.

"Già è tutto fermo". Empatizzò Antonio. "Purtroppo vedo che le attività sono chiuse".

"Neanche un bar". Si lamentò la ragazza.

"Vi posso offrire io un caffè?" Propose inaspettatamente.

"Ma non potremmo per via del rischio di infettarla". I due si guardarono seppur palesemente tentati.

"Entrate, prego". Insistette aprendo loro la porta.

I due accettarono: la piccola casa, al piano terra, era tappezzata di quadri e vecchi suppellettili, compreso un datato orologio a corda in cui i secondi era scanditi dal ticchettio della testa penzolante di un cane. Cataste di romanzi ne delineavano una donna che amava leggere e tenersi acculturata.

Dall'aspetto aveva superato abbondantemente gli 80 anni, era in buona salute e ben curata. Anche durante il coprifuoco aveva pensato a farsi la tinta, visto un nero vivace che ne caratterizzava il colore dei capelli. I suoi vestiti sembravano nuovi e stirati.

"Vive da sola?" Domandò Antonio guardandosi attorno.

"Sì, sono vedova da vent'anni. Molti dei miei parenti sono emigrati al nord per cercare lavoro. Quei pochi rimasti in zona non li vedo dalla scorsa estate. Con le restrizioni e la paura dei contagi nessuno si muove". Prelevò una vecchia caffettiera annerita dalla credenza e dei biscotti al burro contenuti in una scatola di alluminio.

"Cosa faceva suo marito?" Si incuriosì Carla, avendo visto il dipinto di un uomo dall'espressione fiera e in divisa.

"Era nell'Esercito. Aveva partecipato alla seconda Guerra Mondiale! C'era anche all'epoca il coprifuoco. Sembra che siamo tornati indietro nel tempo". Chiuse in modo maldestro l'anta perché innervosita.

"Come vi siete conosciuti?" Si avvicinò al quadro per scrutarlo meglio.

"Ci siamo incontrati casualmente su un espresso diretto a Milano; lui doveva passare un esame per diventare Sergente mentre io andavo in cerca di fortuna in Lombardia. Un cugino residente lì mi aveva trovato un posto da cameriera in un ristorante".

"Sembra quasi il nostro incontro!" Sorrise il Colonnello.

"In versione old-style". Bissò lei.

"Il prossimo mese, il 20 Febbraio 2021, facciamo 70 anni da quando ci siamo conosciuti". Accese il fuoco del fornello alimentato dalla bombola del gas.

"Il 20 Febbraio?" Ripeté Carla.

"Sì, un giorno speciale". Asserì la donna orgogliosa.

I loro sguardi si incrociarono nuovamente. Sembrava un segno del destino; la mano di Antonio andò a cercare con dolcezza quella di Daniela.

Non chiesero altro alla donna, non volevano che il racconto dell'anziana potesse condizionare la loro storia. Parlarono del più e del meno finché si congedarono.

"Non mi ha detto come si chiama". Domandò Antonio mentre stava andando via.

"Angelica!"

Una doccia fredda colpì il ragazzo riportandolo alla perdita dell'amata nonna.

CAPITOLO XVIII

Le contraddizioni

Teresa, nonostante fosse rimasta scossa dalla perdita della madre, ancora una volta non si era persa d'animo: dopo il breve periodo trascorso da sua sorella, aveva trovato la forza per reagire al lutto incitando i due ragazzi a riprendere in mano la loro vita e lottare per riottenere la normalità, dimostrando lo stesso coraggio che Angelica aveva mostrato contro il militare anni addietro.

Dopo l'ultimo saluto alla nonna materna, nel cimitero comunale, Antonio e Daniela decisero di ritornare in Veneto.

Nel treno, che riportò i ragazzi al Nord, la gente non faceva altro che fantasticare sulle imminenti riaperture e sul ritorno alla tanta agognata normalità. Si riponeva grande fiducia nella medicina, nonostante vi fossero stati intoppi inaspettati a cui erano seguite accese polemiche: ritardi nella consegna dei lotti di vaccini da parte dei produttori, per favorire nazioni che avevano stipulato contratti più redditizi; accordi secretati da parte dell'Unione Europea; sospetti sulla scelta costose delle siringhe; la diatriba politica su quelli che sarebbero stati gli hub vaccinali. In gioco un enorme flusso di soldi, la solita disputa all'italiana sullo sperpero di denaro pubblico.

Tuttavia, gli imprevisti furono superati senza molti intoppi e la campagna sembrò procedere a vele spiegate. Le aspettative furono definitivamente disattese quando, nel mese di Marzo, un'inaspettata impennata dei ricoveri e l'aumento del tasso di contagiosità diedero il via a un ulteriore inasprimento delle restrizioni: le regioni italiane entrarono quasi tutte in zona rossa con conseguenti limitazioni imposte alla vita normale dei cittadini.

"Ciao Antonio, sono Filippo del Policlinico di Bari. Avrei bisogno di parlarti riguardo a tua nonna, chiamami al 34382...". Un'inaspettata mail era giunta nella posta elettronica dal più importante nosocomio del capoluogo pugliese.

Il Colonnello aggrottò la fronte restando interdetto. Intuì si trattasse di qualcosa di scottante e per evitare possibili intercettazioni preferì non chiamarlo dal suo numero personale; si recò in una delle rare cabine telefoniche rimaste attive in città con cui contattò il suo conoscente: era un amico delle superiori che aveva intrapreso brillantemente la carriera di medico rianimatore.

Inserì le monete, digitò il numero indicato e attese i bip di chiamata.

"Pronto?" Dall'altra parte della cornetta, rispose un uomo dalla voce rauca.

"Ti chiamo dal Veneto". Lasciò intendere chi fosse in modo criptico.

"Il mio amico delle superiori?" Intese immediatamente Filippo.

"Sì, proprio io. Hai qualcosa da dirmi?" Arrivò subito al dunque.

"La hanno ammazzata". Affermò con poche parole.

"Cioè? Che cosa intendi?" Strinse energicamente il ricevitore.

"L'hanno intubata e le hanno sparato ossigeno".

"Mi sembra giusto per la patologia". Tirò il cavo elicoidale dal nervosismo.

"Ma no, non capisci? Non è una malattia propriamente

polmonare. Continuano a imporre protocolli errati dall'alto. I medici applicano alla lettera ciò che viene loro imposto senza metterlo in dubbio."

"Cosa avrebbero dovuto fare?" Si guardò attorno come fosse una sentinella sotto tiro.

"Antinfiammatori! I medici pur essendo a conoscenza che le cure sono inefficaci, preferiscono applicarle alla lettera per non rischiare provvedimenti disciplinari e radiazioni."

"Quindi intendi dire che sono deleteri i protocolli?" Schiacciò una formica che si stava arrampicando sulla tastiera dell'apparecchio.

"Non solo! Il vaccino è da molti considerato ancora in fase sperimentale".

"E con questo?" Provava rabbia nell'udire simili affermazioni da un operatore della sanità.

Cadde la linea perché il credito si era esaurito.

Frugò nelle tasche dei pantaloni per raccogliere altri spiccioli, inserì un paio di monete nella gettoniera, ma non ricompose il numero: era troppo alterato per una conversazione anonima e dai soggetti omessi. Preferì schiarirsi momentaneamente le idee recandosi in un bar per bere una tisana, infine desistette definitivamente e rientrò in caserma poco dopo; le parole del medico rimbombavano nella sua mente turbandolo parecchio. Avrebbe voluto approfondire, ma sapeva di non poterlo fare.

La sua attenzione venne attirata da una missiva sigillata con apostilla e poggiata sulla scrivania durante la sua assenza: proveniva dal Comando Centrale capitolino ed era stata recapitata direttamente da un corriere dell'Esercito. Utilizzò un coltellino per aprirla e leggerne il contenuto: "A causa della reticenza di alcuni imprenditori, nell'applicare le norme previste dal DPCM, vi invitiamo a incrementare il numero di sopralluoghi, applicando sanzioni e chiusure senza tollerare deroghe e/o interpretazioni personali!"

Pose la mano sulla fronte, visibilmente contrariato all'idea di esacerbare la pressione sulla popolazione ormai esausta. Prelevò una matita dal portapenne con cui cominciò a disegnare una catena montuosa su un foglio bianco, illuminata da un sole splendente, un limpido torrente e alberi in fiore: una voglia inconscia di libertà e normalità.

La giornata non si era presentata come una delle migliori, sentiva la necessità di evadere. Afferrò il cellulare per distrarsi con qualche post pubblicato su Facebook, quando il led bianco lampeggiante preannunciò un nuovo messaggio Whatsapp. Era

Daniela. "Antonio, come stai, dimmi quando sei libero. Ho voglia di rivederti."

Non si erano sentiti da quando erano risaliti al Nord, circa una decina di giorni prima. Lei aveva preferito che lui metabolizzasse la perdita dell'amata Angelica, oltre a essere oberata da pratiche burocratiche.

"Mercoledì sarò libero: se anche tu lo fossi, verrei da te a Calalzo". Guardò il calendario sul muro, scarabocchiato con turni per sincerarsi di non avere impegni.

"Ti aspetto!" Replicò Daniela immediatamente.

Due giorni più tardi, in una giornata di assaggio primaverile, Antonio si recò nella città cadorina. Parcheggiò l'auto davanti all'abitazione di Daniela e le inviò un messaggio.

Gli fece segno di entrare con la mano, affacciandosi da una finestra che dava sulla strada.

"E i tuoi?" Mimò.

"Sono fuori!" Lo rassicurò, con un labiale e il gesticolio esplicito.

Chiuse la Jeep Militare, si approssimò tentennante all'ingresso. L'imbarazzo di essere colto dai genitori di lei lo inibiva.

“Permesso?” Busso educatamente alla porta, pur sapendo che era sola.

“Avanti!” Esclamò lei dall'interno.

Lui entrò titubante, come un ladro sulla difensiva. Si guardò attorno notando l'ampio piano cottura nell'ingresso open space e scrutò il soffitto di legno realizzato artigianalmente con gli alberi abbattuti dagli eventi atmosferici.

“Vuoi che ti prepari un caffè?” Si palesò con un sexy leggings aderente e un top sportivo.

“Wow!” La osservò dalla testa ai piedi e si avvicinò per abbracciarla.

Lei lo baciò, tenendo a bada le sue mani.

“Fai la difficile?” Si indispettì per la sua renitenza, mentre l’eccitazione lo assaliva.

“Allora? Vuoi un caffè?” Lo provocò volutamente ancheggiando.

“Volentieri!” Scrollò le spalle, sedendosi arrendevole su una sedia costruita in modo artigianale.

La ragazza aprì una credenza ed estrasse due pezzi di una moka datata, con il manico di plastica parzialmente sciolto dalla fiamma, ma ancora efficiente.

“Hai risolto le tue incombenze?” Cercò di distrarsi

tamburellando, tentato dalla voglia di saltarle addosso perché soli in casa, pur timoroso che i genitori rientrassero.

"Non proprio". La domanda la innervosì. Dosò maldestramente il caffè nel filtro di alluminio, lasciando cadere della polvere nera sul lavandino. Conficcò il cucchiaino nel contenitore di vetro contenente la miscela arabica per liberarsi le mani, infine prelevò alcune missive incastonate sotto un paniere e le lanciò disgustata sul tavolo.

"Cosa sono?" Si incuriosì.

Daniela non rispose, invitandolo platealmente a prenderne visione, così lui le dispiegò.

"Sono crediti deteriorati!" Affermò.

"E quello è il pignoramento dell'immobile". Indicò l'altra cartolina, quella color verde.

"Ma i provvedimenti sono stati congelati!" Opinò, sicuro che fosse stato concesso del tempo per saldare gli arretrati.

"Solo per chi aveva un'attività avviata mesi prima". Alzò la voce alterata.

"E quindi?" Poggiò il mento sul pugno della mano sinistra.

"Non avendo alcun reddito antecedente al periodo Covid, non ho avuto diritto a moratorie, né indennizzi. Per giunta, la nuova zona arancione-scuro non dà diritto ad alcuna forma di rimborso, non essendo propriamente rossa come da decreto, pur prevedendone le medesime restrizioni". Ricordava ancora la sensazione provata dal commercialista, il giorno prima, mentre le comunicava l'esclusione da ogni forma di agevolazione.

"Davvero scorretto!" Rimase a bocca aperta.

"Ho ricevuto la decadenza del beneficio. Presto pignoreranno l'immobile dei miei, perché garanti." Gli occhi le diventarono lucidi.

"Non possono!" Batté un colpo sul tavolo.

"Invece sì!" Si voltò per avvitare la caffettiera.

"Non ci capisco più niente". Pose le mani fra i capelli spettinandoli.

"E non è finita. Sono arrivati gli affaristi orientali: proposte risibili da parte di alcuni imprenditori cinesi." Le sfuggì la moka di mano, che finì nel lavandino.

"E cosa hai risposto?" Si alzò per aiutarla.

"No chiaramente! Ma stanno facendo manbassa di attività commerciali persino in laguna, a Venezia". Sollevò una pagina del Gazzettino, lì di fianco, riportante la notizia.

"Speculazione?" Inspirò profondamente.

"Peggio! Sono come gli avvoltoi in attesa della carcassa!"

Sbatté le ante dello stipo.

"Sai, oggi mi è arrivata una comunicazione sconvolgente da un ex compagno di classe". Cambiò il tono di voce.

"Riguardo cosa?" Accese il fuoco del fornello.

"La morte di mia nonna".

Poggiò la tazzina, un cucchiaino e la zuccheriera sul tavolo suggerendo: "Forse sarà il caso di farci una passeggiata per parlare, dopo che avrai bevuto il caffè".

Qualche minuto dopo, uscirono a piedi per andare al lago, portando con loro il cane. Antonio raccontò i dettagli della telefonata intrattenuta qualche ora prima col medico del Policlinico.

"Non capisco più niente. Qualcosa non quadra!" Antonio lanciò sconsolato un sasso nell'acqua.

"Non ho mai creduto si trattasse solo di un virus, nonostante l'esistenza sia tangibile". Si tappò la bocca. Si era lasciata scappare un'esternazione che avrebbe potuto ferire Antonio, fresco di lutto proprio a causa del Covid.

Lui la osservò passivamente. Le affermazioni negazioniste di lei, non avevano colpito la sua sensibilità. "È tutto così strano: protocolli errati, rimborsi non effettuati, chiusura di alcune attività per evitare assembramenti, mentre ad altre vengono concessi permessi".

"Il virus sembra più uno strumento che un problema". Si chinò ad accarezzare il suo amico a quattro zampe.

"Non posso affermare una cosa simile". Si ricordò di essere un Colonnello che aveva giurato fedeltà allo Stato. Non ne poteva mettere in dubbio la lealtà. Si allontanò per cercare un posto dove poter urinare, forse un tentativo inconscio di distrarsi.

Il cane smise di scodinzolare, e cominciò ad ansimare dirigendo lo sguardo verso un punto. Qualcosa ne aveva attirata l'attenzione.

"Che hai?" Chiese Daniela, non vedendo niente di anomalo.

L'amico a quattro zampe fissò un albero nella direzione opposta rispetto a quella in cui si era diretto Antonio.

La padrona cercò di capire cosa avesse riconosciuto: notò due scarpe che fuoriuscivano dalle foglie.

Il cane balzò felice verso l'individuo.

"Ricky!", lo accarezzò uscendo allo scoperto.

"Oddio Carlo, che ci fai qui!" Ricordò che era ancora agli arresti domiciliari.

Lui non rispose. Brandiva qualcosa fra le mani: era un

coltello con cui tentò di sferrare una pugnalata al segugio, ferendolo di striscio a una zampa. Il cane guaì e si allontanò zoppicante per ritornare dalla padrona.

"Ma che fai? Sei impazzito!" Urlò, difendendo col suo corpo il segugio.

"Tutto bene Daniela?" Gridò Antonio, ritornando frettolosamente.

"Ancora tu?" Lo minacciò per tenerlo a distanza, sollevando la lama sporca di sangue e avvicinandosi al contempo a Daniela, rannicchiata sul suo cane sofferente.

"Smettila ti ho detto!" Antonio, temendo il peggio, si lanciò senza esitazioni contro il ragazzo.

Vi fu una collutazione con diversi tentativi di pugnalata, da parte dell'aggressore, che il Colonnello schivò abilmente, finché una coltellata gli trafisse il palmo della mano.

Il colpo ricevuto non lo fece demordere, anzi l'adrenalina soppresse il dolore, nonostante la ferita cominciasse a sanguinare. La rabbia prese il sopravvento e, pur essendo in divisa e la sua etica non lo consentisse, decise di affrontare l'aggressore apertamente, di stazza superiore ma palesemente sotto effetto di sostanze allucinogene: evitò abilmente i suoi fendenti e con uno scatto fulmineo gli afferrò il gomito, ruotandolo all'indietro in un movimento innaturale che determinò l'apertura delle falangi e la caduta dell'oggetto contundente. Lo immobilizzò in una stretta che non gli lasciò scampo e con l'aiuto di Daniela gli legò le mani con la sua cintura. Chiamò la Polizia, infine crollò esausto per terra perché impressionato dall'emorragia.

Daniela si approssimò a lui, accarezzandogli la testa, mentre la vista era diventata offuscata.

"Morirò!" Lamentò, bianco in viso.

"Macché, è solo un taglietto" Rise.

"Ci rivedremo in Paradiso". Perseverò.

"Abbiamo una vita da trascorrere assieme!" Lo abbracciò, baciandogli dapprima la fronte, infine le labbra secche.

Una pattuglia della Polizia giunse proprio in quel momento traendo in arresto Carlo per tentato omicidio, evasione dagli arresti domiciliari e lesioni procurate.

CAPITOLO XIX

La manifestazione

La campagna vaccinale subì inaspettati intoppi: dapprima un numero di siringhe insufficienti, poi ritardi nella consegna delle dosi, il tutto accompagnato da un'organizzazione approssimativa: ne erano conseguiti scandali con la rimozione del Commissario Straordinario e un conseguente giro di vite, successivo al cambio al vertice del Governo.

Sul piano economico, i vari decreti ristori non avevano soddisfatto minimamente le perdite del comparto ristorazione, elargendo indennizzi risibili. Oltretutto, iniziative quali zona arancione rafforzata o calcoli sulle ultime annualità avevano escluso una consistente quota di imprenditori. Era sembrato palesemente un sotterfugio per estromettere una parte degli aventi diritto, sollevando malumori e alimentando teorie complottiste, nonostante un tentativo di accelerazione della campagna vaccinale supportato da una potente azione mediatica.

Gli addetti del comparto culinario avevano deciso di assumere una forte posizione: sarebbero andati a Roma per manifestare davanti alla sede del Parlamento.

Le forti restrizioni avevano ostacolato gli incontri fra Antonio e Daniela. Il precedente tentativo clandestino non era stato favorevole, inducendoli ad astenersi da iniziative avventate. Qualcosa di inaspettato tormentò i loro buoni propositi.

"Ho bisogno di parlarti". Una richiesta dal Cadore arrivò sul telefonino del Colonnello..

"Nel pomeriggio sarei libero, potremmo sentirci". Trovò il tempo di risponderle dal posto di blocco in cui era impegnato quella mattina di inizio Aprile 2021.

"Preferirei che ci vedessimo di persona, ma non saprei come".

"Passerò da te per le 19, dopo il turno di pattugliamento". Guardò l'orologio segnare le 13.

" Come faremo col coprifuoco?" Si preoccupò.

"Penserò io a tutto". La rassicurò.

Rimase un attimo in silenzio, poi confutò: "Succederà come l'altra volta?"

"Non preoccuparti, ho un'idea infallibile!".

"Ne sei sicuro?" Testò per un frangente le perplessità, ma si fidò ancora di lui. "Ok, allora, mi farò trovare pronta".

Antonio, puntuale e come previsto, arrivò da Daniela alle 18:59. Si arrestò con la Jeep di servizio dinanzi a casa sua e inviò un messaggio per comunicarle di essere arrivato. La Cadorina rispose al messaggio e, non prima di essersi regalata l'ultima sistemata al trucco, uscì di casa.

"Ben ritrovata", salutò lui, regalandole un abbraccio e un bacio travolgente.

"Scusami per il ritardo". Arrossì per aver impiegato cinque minuti più del solito per sbrigarsi.

"Sono stato abituato a ben altro". Sorrise rimembrando le lunghe attese molfettesi.

Il Colonnello mise in moto la macchina e si spostò di pochi chilometri, per recarsi in una Caserma dalle modeste dimensioni dispersa fra le Alpi. Era presenziata da un piccolo plotone e non aveva alcuna funzione operativa. Rappresentava una sorta di museo storico dove erano conservati alcuni cimeli in memoria della grande guerra e dei suoi caduti; un luogo di culto e interesse pubblico.

Lui aveva convenuto rifugiarsi in quel posto, grazie all'appoggio di un Tenente, un amico stretto nonché compaesano del Capitano.

Si appartarono nella Sala d'attesa visitatori, oramai inattiva da molti mesi: il luogo era stato interdetto alle visite a causa delle limitazioni riguardanti il Covid.

"Allora, cosa volevi dirmi?" Chiese Antonio poggiandosi sulla scrivania del custode, con le gambe e le braccia incrociate.

Lei estrasse delle lettere verdi e le mise sul tavolo, invitandolo a prenderne visione.

"Ma le ho già lette la volta scorsa". Istintivamente le allontanò.

Gli occhi di lei diventarono lucidi, lasciando trapelare che ci fosse qualcos'altro che non avesse detto.

La osservò a lungo cogliendone il disagio, pertanto allungò una mano sulle tre buste per trascinarle verso di lui.

"Dunque 'decadenza del beneficio' sui prestiti". Lesse con tono sarcastico, lasciando intendere che lo sapesse già.

“Non solo!” La voce di lei diventò tremante.

“Affitto arretrato di... 10 mesi”. Questo lo immaginava, essendo una conseguenza naturale.

“E per finire...” Lo invitò a leggere la terza comunicazione puntandola con l’indice.

“Avviso di pignoramento”. Rifletté, deducendo. “Vogliono togliere la casa ai tuoi genitori?”.

Annuì socchiudendo gli occhi.

“Così in fretta? Ma non lo avete impugnato con la richiesta di moratoria?”

“La sospensiva si può ottenere solo se i pagamenti precedente alla crisi risultavano regolari e sulla base delle vecchie dichiarazioni". Scrollò le spalle rassegnata. "Non rientriamo, essendo entrati in possesso dell'attività nel periodo immediatamente antecedente alla pandemia”.

“Quanto ti servirebbe per rientrare?” Pinzò il mento, curioso di sapere la cifra.

“Troppo!” Fu colta da una risata isterica.

“E allora?” Si spazientì.

“Se almeno mi lasciassero riaprire, potrei rientrare parzialmente!”

“Vuoi che ti presti qualcosa?” Offrì una mano intuendone le

difficoltà.

"Non ho voglia di coinvolgerti! La somma è ingente, inoltre dovresti esporti come garante solo per concederci una dilazione che di questo passo non riusciremo a garantire". Rafforzò la negazione ponendo un palmo aperto davanti ad Antonio.

"E come farai?" Assunse un tono più comprensivo.

"Non so". Mise la mano fra i capelli, sbuffando sconfortata. "Intanto andremo a manifestare il nostro disagio a Roma il 13 Aprile! Molti imprenditori sono nelle mie stesse condizioni".

"Se avrai bisogno di un aiuto, io ci sarò!". Le poggiò la mano sinistra sull'omero.

Lei lo guardò emozionata, si intrufolò fra le sue braccia alla ricerca di un abbraccio protettivo che sfociò in un bacio appassionante.

La situazione si era fatta erotica e proibitiva. Antonio bloccò d'iniziativa la porta d'ingresso principale, serrandola dall'interno, con l'intenzione di approfittare del posto inusuale per fare l'amore con Daniela. Erano andati un paio di volte a letto insieme, in Puglia, poi le restrizioni, la lontananza e il lutto avevano impedito che potessero incontrarsi.

Si spogliarono, si baciarono e cominciarono a desiderarsi proprio nel momento in cui qualcuno tentò di aprire la maniglia.

"Siete ancora lì dentro?" Domandò il Tenente, preoccupato dal protrarsi del tempo trascorso; aveva accordato loro solo mezz'ora.

"Un attimo!" Urlò il Colonnello, risistemandosi in fretta i pantaloni.

La ragazza lo osservò in preda all'imbarazzo, ma alquanto irritata da quel momento di intimità, mischiato al rischio, ma non concretizzato.

Il giorno successivo, mentre il Colonnello beveva il caffè nel bar della Caserma, in compagnia degli Ufficiali, entrò solerte un Sergente. Si avvicinò timido al suo Comandante, impegnato in una conversazione e cercò di richiamare la sua attenzione, invano, sollevando una mano.

"Co-Colonnello, mi scusi". Balbettò timoroso di interromperlo indebitamente.

Questi non si accorse di essere stato richiamato, preso com'era dai discorsi sulla ripresa del campionato di calcio.

"Mi scusi Colonnello", replicò più deciso, alzando il tono della voce e muovendo orizzontalmente la mano destra.

Antonio si voltò.

"Sergente Moianni, si calmi! Prenda un caffè con noi, la vedo agitata". Rise facendogli spazio affinché potesse avvicinarsi al bancone.

"Sinceramente sarei qui per comunicarle che vi è il Generale Ausilio ad attenderla". Bofonchiò.

"Cosa? Il Generale?" Sbarrò gli occhi, temendo fosse lì per qualche richiamo diretto di cui non era a conoscenza; forse l'incontro clandestino con Daniela il giorno precedente. Sarebbe stata una recidiva che avrebbe dato luogo a conseguenze disciplinari.

"Mi ha detto che ha da fornirle delle direttive in privato". Lo rassicurò, avendone intuiti i contenuti riservati di carattere verbale e non punitivo.

Antonio poggiò la tazzina del caffè ancora piena e fumante sul bancone del bar, assumendo un atteggiamento più formale e rispondendo: "Andiamo, la seguo!"

Si diressero al secondo piano della palazzina Comando e Servizi, nella sala blindata riservata a riunioni di carattere eccezionale.

Toc-Toc, bussò.

"Avanti", rispose il Generale.

Antonio entrò a passi leggeri nell'ampia stanza.

Il suo superiore era di spalle, con le mani dietro la schiena, che mirava un antico quadro appeso alla parete raffigurante un conflitto del Medioevo. "Splendido questo dipinto", osservò deducendo che la persona da lui attesa fosse entrata.

"Sinceramente, non avevo mai avuto modo di vederlo finora". Confessò un po' a disagio.

"Male Colonnello, lei deve conoscere a memoria ogni angolo della sua Caserma", lo canzonò bonariamente.

"Ha ragione!" Ammise irrigidendo le gambe.

"Suvvia, possiamo anche sorvolare su queste cose". Si voltò per osservarlo, squadrandolo dalla testa ai piedi. "Immagino si stia domandando perché sono venuto da lei senza preavviso".

Annuì per invitarlo a continuare, senza azzardare ipotesi. Il Generale era prossimo alla pensione: capelli bianchi ingellati all'indietro e un baffo corposo ne donavano un aspetto curato ma gentile; sembrava uno di quegli uomini saggi che si incontrano nelle fiabe. Si raccontava celasse cinismo dietro un'apparenza pacata e accondiscendente e, che per questa sua capacità, fosse l'uomo incaricato dall'alto per le comunicazioni scottanti e delicate.

"Lei dovrà dare supporto al servizio d'ordine per una manifestazione che si terrà nella Capitale a giorni". Senza mezzi termini riferì la missione a lui riservata.

"Pericolosa?" Tastò quanto fosse impegnativa, non deducendo il nesso col coinvolgimento del Generale.

"Nient'affatto. Sarà pacifica". Socchiuse gli occhi per tranquillizzarlo.

"E perché hanno scelto me, date le finalità dimostrative?" Si grattò la tempia.

"Perché gli alti comandi vogliono essere sicuri di avere un servizio d'ordine estraneo agli organizzatori". Si rivoltò ancora per ammirare nuovamente il quadro. "Sono venuto direttamente a comunicarglielo perché si vogliono evitare eventuali intercettazioni indebite". Si lisciò il baffo.

"Di che manifestazione si tratta?"

"Ristoratori", affermò deciso.

"Cosa!?" Esclamò a quella inaspettata rivelazione.

"Qualcosa non va?" Passò un dito sulla cornice del dipinto per verificare quanta polvere si fosse depositata e da quanto tempo nessuno avesse provveduto a pulirlo".

"No no!" Respirò profondamente.

"Bene. Sceglierà 20 Caporali e 4 Ufficiali da portare con lei. Viaggerete con due camionette e una Jeep". Strisciò l'indice col pollice, per pulirsi i polpastrelli sporchi di nero.

Due giorni più tardi, alle 6 di mattino, i tre veicoli dell'Esercito Italiano imboccarono la strada alla volta della Capitale; in cinque ore sarebbero giunti a destinazione. Antonio aveva scelto di portare con sé l'inseparabile Capitano, oramai diventato amico fidato.

Proseguendo in autostrada, direzione sud, il Colonnello osservò il cielo ancora scuro, mentre a est un piccolo chiarore ne sfumava le tonalità: era l'alba. Sbirciò il cellulare per controllarlo. "Antonio, tutto bene?" Recitava l'ennesimo messaggio di Daniela, l'ultimo di una lunga serie.

Non le scriveva da due giorni: non se l'era sentita di comunicarle di essere stato incaricato di presidiare alla manifestazione.

In fondo è pacifica e la possibilità di incontrarsi è davvero remota, fra le decine di migliaia di manifestanti, pensò.

La piccola colonna giunse a Roma in tarda mattinata, senza intoppi. Si andarono a sistemare, come supporto in caso di forzatura, alle spalle di un consistente cordone di Poliziotti in assetto anti sommossa.

"Quanti manifestanti!" Osservò Michele, notando il numero di imprenditori e lavoratori del settore.

"Lì ci sono padri e madri di famiglia, gente comune che cerca di sbarcare il lunario. Giusto che manifestino il loro dissenso con tutto quello che hanno patito", mormorò conscio di ciò che stava passando la calaltina.

Le rimostranze dei militanti non destarono alcuna preoccupazione, limitandosi a slogan e cori di dissenso nei confronti dei politici finché, nel primo pomeriggio, non avendo riscosso l'attenzione dai principali organi di Governo, la folla si accalcò minacciosamente alla zona calda con l'intenzione di forzarla.

"Colonnello! Faccia armare i suoi militari!" Suggerì il Questore, preoccupato dall'inasprimento della situazione.

Antonio rimase interdetto, imbambolato dall'evolversi inaspettato degli eventi. Restò in trance: fino a quel momento non era stato mai chiamato ad assumere una decisione così importante, inoltre fra gli antagonisti, da qualche parte, era presente la sua amata.

"Capitano, dia lei l'ordine!" Passò il comando esecutivo al sottoposto, notando che il Comandante aveva avuto qualche perplessità.

"Libertà, libertà", urlavano gli antagonisti marciando minacciosamente verso il cordone e brandendo una serie di oggetti pericolosi.

"Si avvicinano. Respingete!" Ordinò il Questore ai suoi Poliziotti al fine di rompere il fronte dei facinorosi, in realtà solo una minoranza dei presenti.

Ne scaturì una piccola rissa, terminata col fermo di alcuni manifestanti.

Un nutrito gruppo di organizzatori, perlopiù pacifico, che aveva preso le distanze dagli atti di violenza dei loro colleghi, si avvicinò speranzoso e con le mani in alto alle forze dell'ordine, per dialogare e chieder loro di appoggiare le posizioni dei manifestanti.

Il Questore, mostratosi per un attimo compassionevole e nel tentativo di allentare la tensione, lasciò ai poliziotti la scelta. Questi si guardarono negli occhi e, appoggiando le ragioni, si sfilarono il casco in segno di solidarietà, mostrando il loro viso. La massima dimostrazione di comprensione per quella gente penalizzata da mesi di restrizioni: un tacito accordo di rispetto reciproco accolto da un applauso di ovazione da parte degli oltre 20000 presenti.

Si aprì un varco simbolico verso il centro del potere italiano: il Parlamento. Una linea immaginaria che non andava comunque varcata.

Uno sguardo filtrò dalla prima fila dei manifestanti, verso quei militari di supporto, celati fino a quel momento dal cordone: tra loro vi era Daniela, presente negli avamposti. La ragazza notò immediatamente le mimetiche e non tardò molto a riconoscere, nella schiera opposta, Antonio.

Lui abbassò gli occhi dalla vergogna: avrebbe preferito volatilizzarsi, si sentiva morire dentro.

Una profonda delusione trafisse il cuore della ragazza: la calaltina realizzò il motivo per cui non le avesse risposto al cellulare in quei giorni, ma soprattutto, per la prima volta, dedusse di trovarsi sulla sponda opposta.

Non avrebbero mai pensato che la vita sarebbe stata così crudele relegandoli agli antipodi .

CAPITOLO XX

La scomparsa

La campagna di immunizzazione proseguì a gonfie vele: il numero dei soggetti protetti dal virus continuò a salire e la classe politica escogitò nuove soluzioni per aumentare il numero di dosi giornaliere disponibili, anche grazie all'approvazione di nuovi vaccini da parte dell'EMA. Sul fronte logistico, oltre ai numerosi centri vaccinali sparsi sul territorio, furono autorizzati farmacisti, medici di base e persino specializzandi. A tutti vennero promessi indennizzi per ogni inoculazione, al fine di incentivarli.

Il Capitano uscì dal suo ufficio, al secondo piano della palazzina "Comando", per andare in bagno, quando incrociò il Colonnello. Sovrappensiero, aveva un'andatura lenta e barcollante. Ultimamente si era fatto più silenzioso e distaccato.

"Buongiorno Anto'", salutò scherzosamente sollevando la mano sinistra.

"Giorno". Ricambiò laconicamente lui.

"Credo dovresti chiamarla!" Suggerì confidenzialmente, essendo a conoscenza delle ragioni che ne attanagliavano la mente.

Il suo superiore si arrestò con lo sguardo smarrito, senza tuttavia rispondere.

Erano trascorse alcune settimane da quell'imbarazzante faccia a faccia a distanza, nella Capitale, fra Antonio e Daniela: si erano riscoperti, loro malgrado, su versanti opposti nelle vicende sociali. Il Colonnello era stato travolto dai sensi di colpa per non aver chiarito la sua posizione e non aveva chiuso occhio per giorni. Avrebbe voluto scriverle, ma non aveva trovato parole che avrebbero potuto sollevarlo da quell'impasse; aveva solo confidato che il tempo avrebbe rimediato attenuando il dissapore. Tuttavia, i giorni erano trascorsi senza che nessuno dei due avesse preso l'iniziativa per un incontro distensivo.

"Dovreste parlarvi", lo esortò a fare il primo passo, proseguendo la sua corsa per dirigersi al bagno.

Il Colonnello si morse il labbro superiore con gli incisivi inferiori, in una chiara espressione di nervosa perplessità, poi concordò: "Forse hai ragione!" Afferrò in modo deciso il telefono, aprì whatsapp e scorse in basso i messaggi alla ricerca dell'ultima chat con Daniela. Rimase interdetto accorgendosi che la foto di profilo era scomparsa; era sicuro di averla vista qualche ora prima, controllando se gli avesse scritto qualcosa.

L'avrà temporaneamente rimossa, pensò.

Nel dubbio digitò un semplice: "Come stai?" Non sapeva cos'altro inventarsi.

La spunta a forma di 'v' rimase singola e grigia: il messaggio era stato inviato dal sistema, ma non ricevuto.

Mi avrà bloccato? Rimase basito.

"Michele", richiamò il suo confidente, vedendolo sbucare dalla toilette.

"Cosa le hai scritto?" Si avvicinò per scrutare.

"Non capisco perché non riesco a inviarle i messaggi dal mio dispositivo". La sua espressione esprimeva perplessità.

"Potrebbe essere in una zona in cui non c'è campo o il suo

cellulare potrebbe essere spento”. Azzardò un’ipotesi il Capitano.

“Non ne sono convinto. Lasceresti che ne mandi uno dal tuo?” Allungò la mano per farsi consegnare l'apparecchio.

“Nessun problema!” Estrasse il telefono dal taschino, lo sbloccò accorgendosi che anche nel suo caso era scomparsa la foto del profilo. “Guarda, neanche io vedo l’immagine. Sarò stato bloccato anche io?”

Il messaggio inviato non ottenne la conferma di ricezione da parte del destinatario.

Sopraggiunse proprio in quel momento un Sergente; chiesero anche a lui di poter inviare un messaggio, essendo un numero sconosciuto alla ricevente. Anche in quest’ultimo caso ottennero lo stesso risultato.

La cosa si stava facendo misteriosa. Si appartarono nell'ufficio del Colonnello, per tentare di chiamarla dal fisso, nel tentativo di scoprire l'arcano: la voce registrata dell'operatrice telefonica informava dell'inesistenza del numero selezionato.

Antonio si grattò la tempia riflettendo sul da farsi.

"Oramai non c'è più speranza di raggiungerla telefonicamente". Una smorfia di disappunto si stampò sul viso di Michele.

"Forse è meglio che vada a Calalzo!" Asserì, ritrovando improvvisamente il coraggio smarrito.

"Vengo con te se vuoi, ma dobbiamo ottenere prima un'autorizzazione per un servizio di perlustrazione o supporto", suggerì sapientemente.

"Ci penserò direttamente io, autocertificandolo. Me ne assumerò la responsabilità", rassicurò Antonio.

Partirono dopo pochi minuti, giungendo alla casa di Daniela in poco più di tre quarti d'ora vista l'assenza di traffico.

La villetta aveva una parvenza strana: sembrava disabitata da tempo con le porte sbarrate.

Avvicinandosi a una finestra per scrutare all'interno, Antonio scoprì che la casa non aveva più la mobilia. "Credo siano andati via!" Riferì al suo accompagnatore scrollando le spalle.

"C'è affisso qualcosa qui", osservò quest'ultimo, afferrando un cartello appeso con lo spago alla cancellata per leggerlo ad alta voce. "Sotto sequestro giudiziario causa pignoramento".

"Molto prima di quanto temessi". Confessò il pugliese, dopo aver confermato i suoi presentimenti.

"Povera famiglia e povero signor Mario", commentò

un'anziana sopraggiunta alle loro spalle a passeggio col cane e avendo notato il loro sgomento.

"Cosa è accaduto?" Chiese Antonio, intuendo che la donna fosse a conoscenza della situazione.

"Circa 10 giorni fa..." Accennò, passando in rassegna gli sguardi beoti dei due.

"Ci racconti, la prego". Sollecitò a proseguire.

"Si è vaccinato. Si presume abbia avuto una reazione avversa". Svelò il mistero, allontanandosi con solerzia per non subire un interrogatorio.

"Aspetti. Ci racconti come è deceduto", supplicò il Colonnello.

"Ha avuto una trombosi al cervello ed è morto. Dicono che il giorno prima stesse bene e non avesse mai avuto problemi di salute". Si voltò per l'ultima volta prima di dileguarsi in una stradina laterale, trascinata dal suo amico fidato a quattro zampe.

"Adesso è tutto chiaro". Poggiò il gomito sulla staccionata esterna.

"E dove sarà andata a finire Daniela? Avrà un'altra dimora o qualcuno che la ospita?" Rifletté a voce alta il capitano in cerca di una risposta.

"No, ma ha un'attività. Potremmo provare a Cortina. Sarà sicuramente impegnata nelle operazioni di riapertura, visto che a giorni ripartirà tutto". Ebbe un'intuizione. "Vi sono degli appartamenti inutilizzati al piano di sopra del locale; una volta fungevano da Bed & Breakfast. Si sarà trasferita lì temporaneamente con la madre".

I due imboccarono la Strada Statale 51, mentre il cielo si stava oscurando più velocemente del solito e improvvisi bagliori preannunciavano il primo temporale pre-estivo. Ben presto si trovarono all'interno del fortunale, con la visibilità ridotta a causa della pioggia e l'asfalto allagato da torrenti alimentati dai versanti scoscesi delle montagne. Impiegarono circa un'ora e mezza per arrivare a Cortina. Entrarono nel centro cittadino, quasi completamente deserto a causa delle condizioni meteo avverse, giungendo in un battibaleno nei pressi del locale.

"Dovrebbe essere qui il Ristorante", disse il Capitano attraversando perplesso la via principale, ma notando l'assenza della classica insegna.

"Ricordo anch'io fosse qui", concordò Antonio.

"Guardo sul navigatore. Non vorrei che con questo tempo

avessimo sbagliato strada". Il Colonnello fermò l'auto per controllare con esattezza l'indirizzo. "Sarebbe proprio questo". Rimase sbigottito.

"Io vedo solo una lanterna e una scritta...che credo sia cinese..." Si stropicciò gli occhi incredulo il Capitano.

"Vieni, andiamo!" Aprì la sua portiera.

Abbandonarono il mezzo sulla carreggiata, lasciando le quattro frecce lampeggianti, per recarsi a piedi nel ristorante.

"Benvenuti signori, prego entrate". Una giovane cameriera orientale, con la classica divisa da lavoro, li attendeva sull'uscio, credendo volessero ordinare qualcosa da asporto.

"Non siamo qui per mangiare, vorremmo solo un'informazione".

Il volto della ragazza esternò smarrimento a quella richiesta.

Indifferente, Antonio proseguì. "C'era un ristorante italiano qui fino a qualche giorno fa." Puntò l'indice, riconoscendo la vecchia insegna 'ARABA FENICE', ricoperta maldestramente da un adesivo riportante il logo della nuova gestione.

"Non so niente". Si astenne da dare indicazioni, allontanandosi perché temeva fossero lì per un accertamento fiscale o persino cercassero uno scoop da pubblicare sui giornali. Nell'ultimo periodo ci erano andati pesanti contro le acquisizioni orientali.

"Non c'è nessuno con cui possiamo parlare?" Proseguirono incalzandola di domande.

"Noi lavoriamo onestamente!" Andò sulla difensiva, voltandosi spalle al muro, impaurita.

"Non siamo finanzieri!" Realizzarono solo allora di indossare una divisa e che la cosa avesse potuto spaventarla.

La ragazza guardò alla sua sinistra: "Lui è il proprietario". Indicò un uomo di mezza età dagli occhi a mandorla seduto dietro la cassa, che con sospetto li osservava dal loro ingresso.

I due militari si avvicinarono.

"Non siamo qui per crearle problemi". Sollevò le mani in segno pacifico, il Colonnello.

"Che fine ha fatto il vecchio ristorante?" Intervenne Michele.

Il cassiere scrutò silenzioso i due, poi aprì un'anta del mobiletto sottostante e prelevò un foglio.

"Acquistato! Pagato!" Contestò, sventolando il provvisorio attestato di proprietà redatto pochi giorni addietro da un notaio.

I due si guardarono.

"Quanti giorni fa?"

"Otto!" Aggiunse deciso il neo proprietario, lasciando aperte le dita corrispondenti ai giorni e piegando i due pollici.

"E dov'è la ragazza?"

"Vecchia proprietaria andata!" Scrollò le spalle indicando l'uscita.

"Non ha proprio notizie?"

Un no deciso ammazzò ogni speranza.

I due abbandonarono il locale per decidere sul da farsi.

In realtà non avevano altre idee: convennero nel rientrare a Belluno. Il coprifuoco rigido sarebbe cominciato di lì a qualche ora e non avevano una giustificazione valida per restare ancora in giro.

CAPITOLO XXI

La finale europea

Finalmente, a Maggio il Governo illustrò la tanto agognata
road-map di riapertura: fra la fine di quel mese e la seconda
decade di Giugno tutte le attività avrebbero ripreso a lavorare
normalmente. I contagi erano in caduta libera, le persone
decedute giornalmente inferiori alle tre cifre e i ricoveri in
terapia intensiva rientrati sotto la soglia di allarme.

La vaccinazione proseguiva a passo spedito, raggiungendo
ben presto il mezzo milione di inoculazioni giornaliere. La
macchina organizzativa stava funzionando alla perfezione e
tutto sembrava procedere come auspicato: le proiezioni
prevedevano di raggiungere entro Settembre 2021 la copertura
vaccinale del 70% della popolazione italiana.

“Antonio, ho novità!” Si affacciò il Capitano nel suo ufficio.

“Riguardo a cosa?” Gli regalò un momento d’attenzione, immerso com'era a sfogliare un periodico aperto sulla sua scrivania.

“Daniela”. Sussurrò.

“Sai dov'è?” Si alzò dalla sedia d'istinto.

“Non ancora, ma potremmo scoprirlo”. Sorrise sornione.

“E come?” Chiuse la rivista e la allontanò perché si era sentito disilluso.

“Vieni con me. Seguimi senza fare domande”. Gli infilò confidenzialmente un braccio all’altezza del gomito per motivarlo.

Non ci volle molto affinché il Colonnello appoggiasse l'idea del Capitano; si recarono in un'altra Caserma, quella dei Finanzieri.

“Che ci facciamo qui?” Osservò il simbolo delle fiamme gialle.

“Conosco una persona che potrebbe aiutarci”. Ammise segretamente.

Arrivarono davanti a una porta su cui vi era affissa una targhetta dorata riportante una scritta, a caratteri cubitali, che anticipava un uomo dalla personalità egocentrica: “Tenente

Losino".

A Michele toccò l'onere di bussare.

"Un attimo". Si alzò l'uomo per aprire la porta serrata da un chiavistello. Odiava le intromissioni senza preavviso da parte dei colleghi.

"Sono il Capitano Michele, l'amico di Roberto". Sollevò l'omero destro per mettere in evidenza la mostrina.

"Ah, prego, ti stavo aspettando". Li invitò a entrare spalancando completamente l'anta.

I due solcarono l'ingresso guardandosi tutt'attorno: era sicuramente un accanito tifoso del Napoli, visti gli articoli ritagliati dai quotidiani sportivi e inseriti, a mo' di puzzle, nei quadri appesi ai muri. Si trattava di momenti salienti della squadra partenopea, quali gli scudetti vinti, e del suo amatissimo campione, Diego Armando Maradona.

"Allora, cosa vi occorre sapere?" Si accomodò e indossò occhiali spessi che palesavano una forte miopia. Aveva la parvenza di un inquisitore, con la barba scura curata lunga fino al pomo d'Adamo, e una riga che tagliava geometricamente la testa partendo dalla stempiatura sinistra. Era stato insignito di una medaglia d'oro perché aveva scoperto un giro di fatture false che, attraverso scatole cinesi, aveva permesso di racimolare una fortuna nei paradisi fiscali. Aveva decodificato la truffa partendo dalla base, incastrando prestanomi, scoprendo falsi pseudonimi, fino ad arrivare a incriminare insospettabili personaggi politici.

"Vorrei chiederle di controllarmi semplicemente una transazione economica". Poggiò sul tavolo un foglio contenente le coordinate fiscali d'attività e i dettagli ritenuti indispensabili.

"Araba Fenice di Cortina". Suggerì a voce alta il Colonnello quasi non fosse chiaro.

Il Finanziere segnò il nome su un block notes, poi lo riportò sul computer per ottenere risposte.

"Venduto il 10 Maggio". Rilevò a voce alta seduta stante. "La Partita IVA è stata chiusa un mese fa". Poi proseguì coi controlli incrociati.

"Allora?" Chiese impaziente Antonio, vedendolo silenzioso, quasi avesse riscontrato qualcosa di anomalo che non volesse confidargli.

L'uomo lo guardò di sottecchi un po' stizzito da tanta premura, poi aggiunse: "Solo centomila Euro! Vi sarà stata sicuramente una quota a nero".

"E dove sarebbe depositata adesso la parte dichiarata?"

Perseverò nelle domande il Colonnello.

"Vedo che è stato saldato un debito. Giroconto a saldo e stralcio per bloccare un'ingiunzione di pignoramento!"

"E il resto non è tracciabile in nessun modo?" Insisté irrequieto Antonio, mentre Michele gli diede un calcetto sul tallone per invitarlo alla calma.

"No, non possediamo ancora sistemi per tracciare la vita privata delle persone; il conto è stato estinto già due mesi orsono. Era intestato a Daniela Torregrin e depositato in una Cassa di Risparmio dell'Alto Bellunese. Presumo fosse storico, da come vedo, circa 15 anni sempre lo stesso: piccole transazioni mensili e accrediti regolari di stipendi". Posò la penna e gli occhiali da vista, a montatura stretta, sulla scrivania quasi a congedarsi dall'inquisitoria.

"Si è dileguata!" Sintetizzò amareggiato il Capitano, non appena salirono in macchina per far ritorno alla loro caserma.

"Amava troppo questo territorio, non può averlo abbandonato!" Osservò gli alberi pieni di foglie e il polline nell'aria".

"Questo è vero, ma non sappiamo come altro cercarla".

"Sarà con sua madre, non l'avrà mica abbandonata.

Alloggeranno da qualche parte nei dintorni!”

I giorni successivi trascorsero senza che Antonio avesse alcuna novità su Daniela, nonostante avesse mobilitato più persone; una parte di lui si stava arrendendo anche se in cuor suo non disperava.

La campagna vaccinale proseguì senza intoppi e su base volontaria: a fine Giugno ci si avviò verso il 50% degli inoculati con la prima dose e perfino i richiami procedettero in modo spedito. Il risultato fu il miglioramento delle condizioni di salute dei cittadini sostenuto da cifre incontrovertibili circa lo svuotamento delle terapie intensive. D'altra parte però, c'era chi sollevava dubbi sul fatto che i dati fossero falsati dalla bella stagione, notoriamente poco avvezza al diffondersi delle malattie, inoltre una fetta della popolazione nutriva forti timori sull'uso di un siero sperimentale; quelli di vecchia concezione avevano mostrato pochi effetti avversi, in rarissimi casi deleteri, che già avevano sollevato perplessità fra coloro che preferivano le difese immunitarie naturali a quelle artificiali. Polemiche che si esacerbarono nel caso dei nuovi vaccini Mrna, in quanto non erano noti gli effetti a lungo termine. Si sollevarono teorie complottiste riguardo un'ipotetica mente criminale che stesse inoculando un siero con effetti ignoti a lungo termine: avrebbe ridotto la popolazione mondiale a poco più di 500 milioni di abitanti totali in poco tempo. I mandanti sarebbero stati i ricchi Massoni camuffati da filantropi. La società si era polarizzata in due fronti: coloro che erano totalmente a favore del vaccino e coloro che avrebbero voluto evitarlo, i NOVAX, termine usato in modo dispregiativo contro chiunque sollevava semplicemente un dubbio. La campagna mediatica era stata contraddittoria e aveva censurato il dissenso; una parte del popolo aveva preso le distanze dal MAINSTREAM.

A Giugno di quell'anno cominciarono gli Europei: la Nazionale Italiana, reduce dalla forte delusione per la mancata partecipazione ai mondiali in Russia due anni prima, aveva rialimentato speranze e entusiasmo, anche grazie a un commissario tecnico, Roberto Mancini, in grado di selezionare e rendere coeso un gruppo di giovani dalle buone prospettive; mostrava ottima qualità in ogni reparto, seppur privo di fuoriclasse all'apparenza.

Le aspettative non furono disattese, vincendo agevolmente

le prime tre partite di qualificazione a gironi. Negli scontri diretti, dagli ottavi di finale, furono superate squadre calibrate come Austria, Belgio e l'ardua Spagna, la bestia nera per il calcio del belpaese.

L'11 Luglio 2021 divenne una data storica per lo sport azzurro: l'Italia calcistica avrebbe affrontato in finale l'Inghilterra. La nazionale d'oltremanica era considerata favorita perché avrebbe disputato la partita in casa, davanti ai propri tifosi, nella bolgia dello stadio di Wembley. Nella stessa giornata, qualche ora prima, Berrettini avrebbe conteso a Wimbledon la finale della più grande manifestazione tennistica mondiale. L'impresa fu solo sfiorata e il tennista romano soccombette, dopo oltre due ore, alla prepotenza fisica e l'esperienza internazionale del serbo Djokovic, numero uno al mondo. Mai prima d'allora, un italiano era riuscito a sfiorare la conquista dell'ambitissimo titolo.

Quel giorno, Antonio e il suo Capitano erano operativi in Caserma. Era stato loro chiesto un servizio extra: dopo aver svolto le normali pratiche militari, in mattinata, avrebbero dovuto fornire supporto esterno alle forze dell'ordine in vista della finale. Era stato allestito un maxischermo in piazza a

Belluno, non senza alcune polemiche, che avrebbe potuto dar luogo a possibili assembramenti. Dopo tante privazioni a causa dei coprifuoco, il buonsenso aveva prevalso: contingentati e distanziati, i tifosi avrebbero potuto assistere all'incontro, seguendo le raccomandate precauzioni per tifare per i loro beniamini.

"Porteremo a casa la coppa?" Il Capitano chiese un pronostico palesemente fazioso ad Antonio mentre sistemava una bandiera tricolore all'interno dell'ufficio.

"Ovvio che vinceremo noi!" Sollevò il pollice, mentre collaudava i monitor collegati alle telecamere di sicurezza.

"Wow che copertura!" Apprezzò il capitano, osservando le riprese a 360 gradi, in alta definizione, fornite dalle telecamere mobili installate.

"Le hanno montate agenti in borghese stamattina. Hanno fatto un bel lavoro". Passò un tovagliolo, imbevuto d'alcol, sugli schermi per pulirli dalle impronte.

"Prendo un po' di sedie". Michele trascinò una poltroncina dotata di ruote girevoli e un paio di sgabelli.

"Che tu sappia, arriveranno altri?" Si informò Antonio, intenzionato a ordinare pizze giganti da asporto e un po' di birre.

"Il Sergente senz'altro, mentre il Caporalmaggiore ha detto di non essere interessato. Più tardi chiederò ai piantoni se vogliono fare un salto durante le pause".

Alle 20:45 si assieparono davanti a una tv Hd da 55 pollici e, dopo aver ascoltato l'emozionante Inno di Mameli, godettero della partita. La tensione si avvertiva: a pochi minuti dall'inizio, la rete inglese freddò i tifosi azzurri.

"Accidenti! Ma come si fa a prendere un goal del genere?" Contestò il Colonnello, scagliando nervosamente un pugno sul tavolo. Poi osservò il monitor sulla piazza e commentò. "Ne sono arrivati ancora, saranno più delle 1000 persone autorizzate".

"Credo 500 oltre il consentito". Calcolò con disinvoltura il Sergente, un esperto militare di misurazioni.

"Speriamo bene". Sorvolò il problema il Comandante, più intento alle sorti della Nazionale che al pubblico presente in piazza.

L'incontro proseguì evidenziando il dominio italiano sul campo. Il possesso e la circolazione della palla, nella metà campo avversaria, presagivano al pareggio.

"Goooool!" Urlò a squarciagola Michele, vedendo entrare la palla ribattuta da Bonucci dopo la respinta del portiere avversario.

"Sono troppo assembrati!" Commentò Antonio, dopo aver esultato, notando un gruppo di tifosi rimasto abbracciato e senza mascherina, alcuni minuti dopo la rete italiana.

"Dovrebbe intervenire qualcuno". Mormorò il Sergente.

"Cambiamo prospettiva: magari sono distanziati e l'inquadratura inganna". Un dubbio assalì il Capitano.

"Ecco, sono troppo vicini!" Sbuffò ancora Antonio, irrequieto. Adesso le sorti calcistiche sembravano passate in secondo piano e la premura era evitare che si accalcassero.

"Accidenti, pochi indossano la mascherina! Rischiamo focolai!" Sottolineò Michele.

"Proviamo a zoomare! Col fermo immagine potremmo individuarli e inviare i poliziotti, presenti all'ingresso, per farli distanziare". Suggerì il Sergente.

La telecamera elettronica immortalò ed elaborò immagini nitide sul viso dei tifosi in piazza, passandoli in rassegna uno a uno, con un grado di definizione impressionante.

"Ma quella..." Esclamò il Capitano.

"Cosa hai visto di strano?" Domandò Antonio richiamato

dal tono di sorpresa.

"Ritorna indietro!" Chiese Michele al Sergente. "Più a sinistra! Fermo! Aumenta il primo piano!"

"Daniela!" Pronunciò Antonio, riconoscendola immediatamente. Era sorpreso nel vederla in un posto dove mai avrebbe pensato di trovarla.

Il capitano d'istinto suggerì: "È l'occasione giusta! Forse potremmo fare un salto in piazza con la scusa dell'assembramento!"

"Ottima idea!" Luccicarono gli occhi ad Antonio dall'emozione.

In men di 5 minuti, salirono in macchina e si diressero nella calca dei tifosi. Parcheggiarono nei pressi di una pattuglia presente e si intrufolarono fra la folla.

"Da questa parte!" Indicò il Capitano, riconoscendo la prospettiva.

"È quella la telecamera". Confermò Antonio, osservando il dispositivo in alto, su una grondaia.

Proprio in quel momento le squadre si apprestavano a battere i calci di rigore: i supplementari si erano conclusi sul risultato di uno a uno.

I tifosi alternarono grida di liberazione, per i rigori andati a segno, a urla di disperazione per quelli falliti.

"Eccola!" La intravide il Capitano.

"Permesso!" Antonio si fece largo fra i giovani accalcati, subendo i mugugni di chi veniva disturbato dal suo passaggio.

"Daniela!" Toccò la spalla della ragazza.

Questa si voltò e lo osservò: "Antonio!"

"Dov'eri finita! Sono giorni che ti cerco". Le parlò all'orecchio nel caos di una rete segnata.

La ragazza guardò per terra, e rispose sottovoce, nel silenzio generale di un rigore avversario. "Antonio, sei una persona speciale, sei buona, generosa ma…

"Parala!" Gridò un tifoso, impaziente che l'ultimo penalty venisse calciato, interrompendo Daniela.

"Siamo su due fronti opposti: fra noi non c'è coesione di intenti. Io sono una NOVAX, tu un sostenitore dei vaccini. Io odio il Sistema mentre tu ne fai parte". Il suo respiro si era fatto affannoso. "Ho perso mio padre!"

"Ho sentito, mi dispiace!"

"Nessuna correlazione ovviamente", canzonò sarcasticamente attribuendolo a un effetto avverso.

"Daniela, smettila! Non puoi dimostrarlo."

"Vedi? Siamo diversi! Non la pensiamo allo stesso modo e

il destino ci ha messi su sponde opposte". Sentiva una fitta al cuore, ma la sua determinazione e le sue convinzioni le impedivano di mollare.

"Amore!" Si avvicinò per abbracciarla, mentre un boato scoppiava in piazza: Donnarumma, il portiere dell'Italia, aveva neutralizzato il rigore decisivo e l'Italia si era laureata campione d'Europa per la seconda volta nella sua storia.

I ragazzi saltellavano e esultavano a squarciagola; la festa era iniziata.

Antonio regalò uno sguardo al maxischermo, mentre la tv di Stato proponeva il replay del tuffo decisivo dell'estremo difensore azzurro.

"Perché non andiamo a festeggiare insieme da qualche parte e ci schiariamo le idee?" Si rivoltò verso la ragazza, ma ahilui Daniela si era dileguata.

"L'hai vista?" Chiese al Capitano giunto proprio in quel momento.

"No, ti avevo perso di vista con questa calca".

"Dove sarà andata?" Cercò, invano, di aprirsi un varco fra i festeggiamenti.

Daniela era scomparsa.

I suoi occhi si riempirono di lacrime di disperazione

mischiandosi a quelle di gioia di chi lo circondava.

"Cosa ti ha detto?" Il Capitano allungò la mano sulla spalla del suo amico.

"Che non siamo fatti l'uno per l'altra!" Osservò, assente, i giocatori della Nazionale italiana proiettati verso il bordo campo, per festeggiare la vittoria coi tifosi presenti allo stadio di Wembley, poi ammise. "In fondo ha ragione!"

Sorrise malinconico. Tirò fuori dalla tasca il pacchetto di sigarette accartocciato: ne era rimasta solo una.

FINE

EPILOGO

Dopo aver scritto i primi due romanzi thriller, Breakheart e Il Procuratore, mi sono cimentato nella composizione di un drammatico-sentimentale che ricalcasse il delicato momento storico: la pandemia a causa del Covid.

Il lavoro è stato complicato, fatto di ricerche, documentazioni e ascolto attivo dei diversi attori per comprenderne i punti di vista, i quali hanno dato luogo allo spaccato sociale dei nostri giorni.

Il risultato è stata una storia d'amore basata su fatti reali.

Il racconto abbraccia varie tematiche, dal dramma dei ristoratori allo spopolamento dell'Alto Veneto, da chi crede nei vaccini a chi è contro, da chi si fida delle Istituzioni a chi le osserva con distacco e scetticismo.

Particolare attenzione è stata riservata alla violenza sulle donne, ai disastri ambientali e naturali.

Il tutto ha generato un mix di emozioni e colpi di scena.

Svariate sono state le collaborazioni di chi ha partecipato alla stesura dell'opera.

Ringrazio particolarmente SOFIA DESTRO, ALESSIA BONATO, EMMA MOGENTALE, DANILO DE GENNARO, FRANCESCO DE NICHILO, MARIA GRAZIA BALDINI e CHIARA MADDALENA per aver collaborato attivamente alla realizzazione attraverso suggerimenti e opportune correzioni.

INFORMAZIONI SULL'AUTORE

Mi chiamo Giovanni de Gennaro e sono nato a Molfetta (BARI) il 25 aprile 1975. Dopo le superiori, ho studiato e prestato servizio presso il Reggimento Genio Ferrovieri di Torino, frequentato l'Università degli Studi di Padova come consulente del lavoro e quella di Gorizia in relazioni pubbliche. Negli anni a seguire, mi sono appassionato alla lettura di romanzi e libri di Psicologia, sviluppando altresì lo spirito d'osservazione grazie al mio lavoro, il capotreno. Queste conoscenze, mischiate a una buona dose di inventiva, mi hanno permesso di propormi come autore e scrivere tre romanzi. Vivo a Padova dal lontano 2001.